KB155204

맛김 현대 판타지 장편소설

WISHBOOKS MODERN FANTASY STORY

책 먹는 배우님

책 먹는 배우님 4

맛김 현대 판타지 장편소설

초판 1쇄 찍은 날 | 2019년 2월 11일
초판 1쇄 펴낸 날 | 2019년 2월 18일

지은이 | 맛김
펴낸이 | 예경원

기획 | 위시북스
편집책임 | 이규재
편집 | 위시북스

펴낸곳 | 예원북스
등록번호 | 제396-2012-000132호
등록일자 | 2012. 7. 25
KFN | 제1-369호

주소 | 경기도 고양시 일산동구 호수로 646-24 위너스21II빌딩 206A호 (우)10401
전화 | 031-819-9431 팩스 | 031-817-9432
E-mail | yewonbooks@naver.com

ISBN 979-11-6424-134-7 04810
        979-11-89701-14-7 (set)

맛김 현대 판타지 장편소설

WISHBOOKS MODERN FANTASY STORY

책 먹는 배우님

Wish Books

책 먹는 배우님

CONTENTS

··· 1장 ···
표절 전쟁

9월 2일 월요일. '영화인, 추석 나눔 행사'를 마치고 집으로 돌아온 나는 차가운 흑맥주 캔의 뚜껑을 땄다.

또옥! 부스스스스스.

솟아오르는 하얀 거품을 입으로 가져가며, TV를 틀었다.

-영어는 역시, 박시현과 함께하는 시현 스쿨!

TV에서는 〈신데렐라 신드롬〉 방송 전의 CM이 흘러나왔다. 나는 맥주를 홀짝이며 멍하니 TV에 시선을 고정시켰다.

어떤 드라마일까? -2는 대체 어떤 의미일까?

박혜숙 작가와의 설전이나, 박시현의 도발까지…….

여러 가지 생각들이 교차한다.

그리고 드라마가 시작되자 나는 맥주 캔을 바닥에 내려놓고 드라마에만 몰두했다. 조금 늘어지는 장면에서만 맥주를 들어 올렸는데 결국 한 모금 밖에 마시지 못했다.

적당한 치정, 적당한 막장. 술술 넘어가는 전개, 인간의 말초신경을 자극하는 궁극적인 '재미'. 특별히 새롭지는 않지만, 특별히 문제 될 것도 없는 그런······.

그런데.

"······어라?"

눈이 점점, 커진다.

"뭐야."

당황한 나는 소리 내어 말했다.

이거 대체 무슨 일이지?

내 머릿속에는 몇 권의 대본이 들어 있을까? 아마, 못해도 수백 권은 넘지 않을까.

이미 종영한 드라마, 십 년 전 영화 대본까지 연기를 위해 닥치는 대로 모조리 빨아먹었으니까.

〈신데렐라 신드롬〉이 왜 이렇게 익숙하게 느껴질까?

아니, 단순히 익숙하기만 한 것은 아니다.

전개, 캐릭터, 대사까지. 왜 내 머릿속에 있는 단편영화 〈아드리안의 하루〉와 유사하게 느껴지는 거지?

-당신을 만나고.
"너를 만나고."

-내 시간 추가 바뀌었습니다.
"초침이 흔들립니다."

-저는, 이제부터 역방향으로 움직입니다.
"저는 오늘부터 뒤로 걷습니다."

대사가 똑같다.
'특별히 문제 삼을 것 없는 드라마.'
내 평가가 무너지는 순간.
모든 문제는…… 이렇게 문제를 제기하면, 문제가 된다.

"이거, 표절이잖아."

매해 꼭, 빠지지 않고 등장하는 것이 드라마 작가들의 표절 논란이다.

아마추어 만화, 웹툰, 소설, 해외 판타지, 단편영화 시나리오. 가지고 오는 플랫폼에는 한계가 없다. 그리고 이런 논란이 불거질 시에는, 그에 따른 변명 역시 똑같다.

이 정도면 허용되는 범위다.
요즘 트렌드일 뿐이다.
법적으로 문제가 없다.
양념치킨을 팔았는데, 모 브랜드 양념치킨과 흡사하다고 표절이냐.

그래. 표절만큼 그 기준이 모호한 것도 없지만, 원작을 놓고 비교해 보면 안다.
알 사람은 안다고.
알잖아. 왜, 모르는 척해?

"뭐? 표절?"
내가 재익이 형에게 슬며시 던지고. 재익이 형은 박찬익 팀장에게, 그리고 마침내 기자에게까지.
논란은 의심이 되고, 의심이 확신으로 변하게 되자 재익이 형은 내게 신신당부했다.
"이 소스, 네가 제공한 거 아니다. 기자가 알아낸 거야."

소스 제공자는 끝끝내 비밀. 괜히 내 이름이 밝혀져 구설에 라도 오르내린다면 귀찮아지니까.

기자에게도 L&K 박찬익 팀장이 내용을 직접 전달했으니, 내가 처음 소스를 던졌다는 사실은, 재익이 형을 제외하면 그 누구도 모른다.

스타 매거진 발, '박혜숙 표절 논란' 기사는.

'이거, 제 작품 맞습니다.'

〈아드리안의 하루〉를 집필한 '윤제훈' 감독의 최종 확인 이 후에 세상에 던져졌다.

[스타 작가 '박혜숙' 표절 논란? 상대는, 아마추어 단편영화 감독 지 망생의 시나리오.]

그리고 이 기사는, 어마어마한 파장을 불러일으켰다.

동화 신데렐라를 모티브로 한 것이 아니었나?

아마추어 단편 시나리오까지 베낄 정도면, 볼장 다 본 거 아 니냐?

작가 전작도 의심스럽다. 죄다 검증해라!

〈아드리안의 하루〉. 찍지도 못한 단편영화 시나리오.

이렇게 접혀 버린 꿈처럼, 반으로 고이 접혀 책장 속에 묻히기 직전, 윤제훈 감독이 내게 건넨 희망.

'꼭 한 번 읽어주십시오.'

훌륭한 영화인의 꿈과 고뇌가 담긴 대사와 소재를, 신데렐라라는 동화 속 이미지 뒤에 교묘하게 숨겨놓았다.

빼다 박은 대사, 또 단편영화 극 중 '아드리안'이라 불리는 여성의 인생을, '신데렐라'라는 이름으로 재포장했고. 우연히 기차역에서 마주하며 여주의 인생을 변화시키는 남자 주인공을, 드라마에서는 인생을 구제해 줄 왕자님으로 둔갑시켰을 뿐이다.

사전제작 드라마의 대본이 늦게 공개된다는 점을 무기로 내세운 표절 작업.

게다가 윤제훈 감독은 박혜숙 작가가 강연했던 '극 대본 연구 워크샵'을 수강했던 학생이었다.

주고받은 메일의 흔적. 두 글의 유사성. 판이한 전개방식.

'아마추어의 글을 베낄 이유 없다. 그는 내 학생이었다. 오히려, 내게서 영향력을 받았을 것.'

하지만, 박혜숙 작가는 끝까지 표절을 완강하게 부정했다.

[박혜숙 작가, "표절 아니다. 트렌드다!" 반응은 냉담.]

['박혜숙 작가' 맞소송 준비 중. "이건, 마녀사냥!"]

[네티즌들 박혜숙 표절 논란 작품 두 개 추가로 확인.]

[불붙은 표절 시비, 끝나지 않는 싸움.]

[왜 이제껏 몰랐나? 알고도 모른 척했나? 방송사에서 쉬쉬하던 '표절 논란' 재점화.]

　이는 시청률에 영향을 끼쳤고, 박혜숙 작가의 이미지 역시 타격을 입었다. 전작들 역시 '표절 논란'에 휩싸였다.

　작가로서의 자부심이 송두리째 의심받는 상황.

　하지만 딱, 거기까지. 아무리 발버둥 쳐도 이 싸움의 결과는 이미 정해져 있었다. 불행하게도 이미 방영 중인 드라마가 '표절 시비'를 통해 중단되는 경우는 많지 않다.

　결국, 이 싸움은 '논란'으로 끝이 났다.

　저작권이 등록되어 있는 것도 아니고, 구체적인 표현이 다르기에 표절로 판명되지 않았다. 하지만 이 일은 박혜숙 작가를 이기기 위해, 쓰러뜨리기 위해서 하는 게 아니다.

　영상으로 만들어지지 못한, 젊은 영화인의 꿈이 남에게 함부로 쓰여서는 안 되니까. 해야 하니까 하는 것이다.

〈신데렐라 신드롬〉. 작가와 배우 커리어에 '표절 논란'이라는 오점을 만든 작품.

-2는, 이런 일을 예견했던 것일까? 경고였을까.

세간의 온갖 관심이 모조리 집중되었던 신데렐라는 12시가 되기도 전에 마법이 풀려 버렸다. 알고 보니 신데렐라는 그 드라마의 주인공이 아니었고 처량한 신세로 집으로 돌아가 버렸다. 왕자님이 유리 구두를 들고 찾아오는 해피엔딩 따위도 없었고, 말 그대로 '표절 신드롬'으로 끝나버렸다.

14%, 16%로 시작했던 시청률은 '표절 논란'이 시작된 직후에는 잠시 반짝 치솟는 듯 보이더니 논란이 거세질수록 시청률은 눈에 보일 만큼 현저하게 떨어졌고.

9%.

시작만 거창하고 마무리는 그저 그런 드라마로 끝났다.

"미니시리즈의 여왕도……. 옛말이네, 이제."

입과 펜으로 드라마계의 여왕으로 군림하던 박혜숙 작가는 이제, 작가 '기본 소양'에 대한 증명을 해야 했으며, '표절 작가'이라는 타이틀은 평생 달고 다닐 꼬리표가 되었다.

"그러게요. 전작들이 죄다 표절 시비 걸렸으니, 한동안 방송국보다 변호사 사무실을 더 자주 가겠네요."

"그래. 그래도 한 1, 2년 쉬면 아무 일도 없었다는 듯 멀쩡한 얼굴로 다시 복귀하겠지."

복귀. 새삼 더럽게 느껴지지만, 이게 생리다.

박혜숙 작가가 쓴 글은 이제껏 큰 성공을 거두어왔고, 대중들의 기억 속에서 잠시 잊히면, 아무 일도 없었던 것처럼 또다시 나타나겠지.

"그래도, 지금이 중요하잖아?"

"그렇죠."

나는 재익이 형의 말에 웃음 지었다.

"이제부터가 중요하죠."

〈신데렐라 신드롬〉은 여러 가지 영향을 끼쳤다.

먼저, 윤제훈 연출이 쓴 〈아드리안의 하루〉는 영화 매거진인 '20th 시네마'에서 제작 지원을 하겠다고 발표했고, 조만간 본격적인 촬영을 앞두고 있다.

정이연 작가는 비어 있는 '미니시리즈 왕좌'를 향해 크게 한 발 성큼 내디뎠다.

〈숨 닿을 거리〉를 통해 데뷔와 동시에 거둔 큰 성공. 그 이후, 단순한 성공이 아니라 정상을 향해 던진 새로운 도전. 모두가 흥행 참패를 예상했던 〈시간의 띠〉는 정이연 작가가 '미니시리즈 차세대 여왕'이 될 수 있는 발판이 되었다.

그리고 나는.

왜, '신데렐라 신드롬'을 거절하고 이 작품을 골랐냐고?

이제는 말해 줄 수 있다. 아니, 굳이 구구절절하게 설명할 필요도 없다.

모두 만류했고, 걱정했던 작품을 내가 선택한 이유.

[83/100](+13)

내 눈에만 보이는 믿기 힘든 점수가 아니라, 남들에게 증명할 수 있는 가시화된 성과.

[〈시간의 띠〉 첫 방송 대박. 지상파 제치고 시청률 1위.]

[11%! 연일 자체시청률 경신! 케이블 드라마의 역사가 된, 〈시간의 띠〉]

[시청률 고공행진, 매주 늘어나는 이유는? 미친 몰입감!]

[정이연이 쓰고, 도재희가 하면 "뜬다."]

[클리셰만 넘치던 드라마 판에 정이연이 쏘아 올린 작은 공. 마이너 장르도 함께 주목받나?]

말해 줄 수 있었다.

이게 내가 이 드라마를 선택한, 이유 전부라고.

여름의 끝, 가을의 시작에 일어난 마법.

이 마법은, 아직 끝나지 않았다.

처음 〈시간의 띠〉 촬영 당시에 퍼진 기묘한 현장 분위기를 기억한다. 촬영장에 파다한, 어딘지 모를 '기시감'.

모든 배우들이 마치, 〈청춘 열차〉 이전의 '내' 분위기를 풍겼다.

배우들의 눈이 유독 빛나는 이유에 대해 짐작하건대, 아마도 '욕심'. 내게 절대 꿀리지 않겠다는, 일종의 '경쟁심'.

처음에는 조금 낯설었다.

여기 모인 사람들은 '배우 도재희'에게 호감을 품고 모인 사람들이 아니었던가?

"……."

아니지. 배우 도재희라는 이름의 후광을 기대하고 모인 사람들이지.

나, 그동안 단단히 착각하고 있었구나.

박시현의 말처럼, 이 작품에 참가한 배우들은 모두 '나'를 이용하기 위해 모인 사람들이다.

적당히 가식적인 가면을 쓰고, 적당히 웃어주며 인간관계를 맺지만 그 속에 진심이라고는 없는 관계.

"선배님, 감사합니다."

기회를 주셔서 감사하다며 고개를 숙이고, 나를 향해 존경의 눈빛을 보내지만, 가슴 속에는 저마다 비장의 한 수를 숨기고 있다. 〈청춘 열차〉에서 송문교를 넘기 위해 '나'를 어필했던 것처럼. 이들은 자신에게 주어진 짧은 장면에서 진가를 드러내기 위해, 열과 성을 다해 혼을 불태우고 있다.

비단, 이들뿐만이 아니다.

"아, 형! 저 영장 나왔어요."

김균오.

"그래서 회사에서는 국가고시 보래요. 잠시 미룰 수 있다나 뭐라나, 근데 그것도 쉽지 않을 거래요. 아아! 저 드라마 방영도 못 보고 군대로 끌려가는 건 아니겠죠."

"……"

허술한 얼굴을 하고 있지만, 그 사이 칼을 제대로 간 듯 살벌하게 연기를 준비해 온 김균오.

"오늘도 대사 다 외워왔어? 이런. 빨리 외워야겠는데."

후배에게 절대 밀리지 않겠다는 마음을 속에 숨기고 있는 황길강 선배, 배소현까지.

모두가 자신의 성공과, 드라마의 성공을 위해 달려간다. 나 역시 이들에게 '적당한 친절'만을 베풀었다.

재익이 형이 말했다.

"살벌하네."

"음, 저는 좋은데요."

나는 이런 현장 분위기에 오히려 안도했다.

"시끌시끌 말 많은 현장보다는 낫죠."

적어도 여기엔, 쓸데없이 물 흐리는 사람은 없다. 전투적으로 연기하지만, 모든 것들이 작품에 도움이 된다.

나는 이들의 열정에 '동력'이 된다. L&K 후배들에게는 넘고 싶은 산을, 동료 배우들에게는 위기감을 적어도 이렇게 대놓고 '욕심'을 드러내면, 나 역시 필사적으로 연기할 수 있으니까.

현장 분위기는 나날이 '연기 지향'으로 바뀌었고 덕분에 촬영은 상승기류를 탔다. 우리는 서로에게 '칭찬'보다는, '도전장'을 던졌고, 탑처럼 쌓여가는 16부작 드라마는, 절정의 완성도를 뽐냈다.

이것이, 올가을에 불어온 마지막 마법.

절대 지지 않겠다는 배우들의 욕심이 불러낸 기적들이 지상파의 괴물들을 상대해 승리할 수 있었던 비결. 조연 한 명한 명의 이름이 대중들에게 각인된 화제의 드라마.

〈시간의 띠〉는 드라마계의 한 획을 그었다. 그만큼 많은 배우가 한 계단 높은 곳으로 올라섰다.

한국의 내로라하는 '명배우' 선배님들과 붙어도 밀리지 않는다는 평가를 받은 나, 그리고 L&K 신인배우들의 존재감을 단번에 알리며 내일의 스타를 예고했고 임팩트 있는 연기를 보여준 무명 단역 배우들은 '다음 작품'을 기약할 수 있게 되었다.

-영화사에서 오디션 보러 오라고 요즘, 난리입니다. 이게 전부 배우님들 덕분입니다!

내가 휴대폰을 물끄러미 내려보자, 어머니가 물으셨다.

"누구야, 여자?"

"에? 아뇨. 동료 배우요."

"누구?"

"임제문 선배님이라고, 같이 드라마에 나왔던⋯⋯."

"아! 그 머리 벗어진 아저씨?"

"⋯⋯네. 어떻게 아셨어요?"

"그 양반, 연기 잘하더라. 잘됐으면 좋겠네."

지나가는 단역을 어머니가 기억할 정도면 뭐, 말 다했지.

이런 것이 좋다, 저들의 성공에 내가 미약하게나마 도움을 준 것 같은 기분.

"출출하지 않아?"

"조금 전에 저녁 먹었는데, 또요?"

"끄응. 치킨이라도 시킬까?"

아버지와 어머니는 치킨을 시키네, 마네 실랑이를 벌이시다 결국 공은 나에게까지 굴러왔다.

"아들은, 먹을래?"

"치킨, 좋죠."

양념치킨 한 마리를 시키셨다.

TV에서는 〈시간의 띠〉 마지막 방송 직전에 붙는 인기 있는 예능이 흘러나왔다. 몰디브 섬으로 여행을 떠난 배우들 몇몇이 뭉쳐 식당을 차리는 내용의 예능이었는데, 꽤나 재미있어 보인다.

평화로운 토요일 밤. 가족과 함께 치킨을 먹으면서 즐기는 내 드라마의 마지막 회.

〈시간의 띠〉 방영 직전에 치킨이 도착했다.

따끈따끈한 양념치킨 가슴살을 한 입 베어 물었다.

맥주 생각이 간절해지는데.

"맥주 있나?"

마치, 내 생각을 읽기라도 하듯 아버지가 물으셨고. 나는 냉장고에서 맥주 세 캔을 꺼내왔다.

"고마워."

또옥.

맥주 캔을 따자마자, 드라마가 시작되었다.

시간의 띠

-최종회-

저 글자를 보니 왠지 모르게 입꼬리가 올라간다.

피식.

쓸쓸해지는 마음을 반대로 표현한 내 미소에 어머니와 아버지가 갸웃거리셨으나 다시 시선을 TV로 돌리셨다.

최종회 타이틀이나, 엔딩 크레딧은 사람을 뭉클하게 만드는 구석이 있다. 소설이든, 영화든, 드라마든, 게임이든.

사람들은 이야기의 끝을 위해 그렇게 열광하지 않는가.

기다려오던 이야기의 '끝'. 사람들은 이 '끝'을 기억한다.

모든 이야기의 마지막에 도달해서야, 함께 호흡했던 인물들의 행복한 모습을 보고서야 비로소 안심한다.

나는 흘러나오는 드라마를 멍하니 바라보며, 드라마의 끝이 아닌 '시작'을 먼저 떠올렸다.

내 시작. 3개월 전에 끝난 촬영의 모든 장면이 생생하게 떠오른다. 대국을 복기하는 프로 기사처럼, 나는 드라마의 순서를 하나하나 되짚었다.

드라마 〈시간의 띠〉의 주인공은 모든 '사건'의 시작을 찾아 무한한 시간 위를 부유한다. 잘못된 시작이 결과를 바꾸는 상황들을 겪으며 항상 절망했다.

시작, 내 시작은 어땠지? 잘못된 결과를 만들지는 않았나?

드라마 속의 내가 소리치고, 울부짖고, 함께 웃었다.

"……."

그 드라마의 최종회가 모두 끝나고 나는 아무 말 없이 남은 맥주를 모두 비워냈다. 빈 캔만큼, 마음이 홀가분해진다.

이는, 비단 나만 느끼는 감정이 아닌 듯했다.

"고생했다."

"아들, 고생했어."

어머니와 아버지 역시 즐거운 얼굴이셨다. 아마, 드라마의 성공이 이유의 전부는 아닐 것이다.

내 얼굴이 즐거워 보였으니까. 그거면 충분하신 것이다.

"웃차! 이제 드라마 뭐 봐야 하나?"

"후후, 그러게 말이야. 아들, 일찍 자."

안방으로 들어가신 부모님을 뒤로하고, 나는 소파에 몸을 기대어 드러누웠다.

자리에 눕는 이 순간에도 일 생각이 머리에 스친다. 재계약을 요청한 CF들, 계속해서 내 문을 두드리는 영화사들, 읽어만 달라고 쌓이고 있다는 작품 시놉시스들. 참석해 달라고 요청하는 수많은 영화 행사들.

나는 머리를 흔들며 일 생각들을 모두 지워버렸다.

작품, 작품, 작품.

그동안 너무 많은 스트레스를 안고 살아왔다. 하루라도 빠르게 '위'로 올라가야 한다는 부담감, 조금이라도 쉬면 뒤처질지도 모른다는 걱정들이 이제껏 나를 지배했었다.

물론, 그건 지금도 역시 마찬가지지만.

역대 흥행 11위, 천만 영화 〈이선〉.

케이블 사상 최고 시청률! 13.2%를 기록한 〈시간의 띠〉.

뭐랄까, 믿을 수 없을 만큼 큰 성과를 1년 만에 얻어서인지 〈청춘 열차〉 이후 3년 만에 처음으로 조금 쉬고 싶다는 생각이 들었달까. 내가 서 있는 이 따가운 가시방석에서 잠시 벗어나, 머릿속을 조금 비워내는 거다. 그리고 앞으로 달려가야 할 길을 되돌아보는 거지.

나는 조금 전에 보았던 예능을 떠올렸다.

외국에 나가 식당을 여는 배우들. 특히 인상적이었던 점은, 유명 배우들이 외국에서 자신을 알아보지 못하는, 그 상황을 즐기고 있는 것이었다.

어디서든 사람들이 알아보는 배우가 아니라, 그냥 평범한 사람 속에 섞이고 싶다.

"여행이라……."

정말 여행이라도 다녀올까 싶다.

기왕이면 아무도 나를 알아보는 사람이 없는 곳으로.

··· 2장 ···

해외여행

뭐, 그렇다고 당장 여행을 갈 수 있는 상황은 아니었다.

소화해야 할 스케줄이 산더미였으니까.

지난여름, 영화 〈이선〉 이후에, 극장가와는 당분간 인연이 없을 것이라 여겼던 내 얼굴이 또다시 극장에 걸렸다. 지난 1년간 선댄스를 비롯해 총 4개의 영화제에서 상을 받고, 다섯 군데의 영화제에 초청받은 〈양치기 청년〉이 내 얼굴이 강조된 새로운 단독 포스터와 함께 정식으로 극장에 걸렸다. 포스터에는 예전 포스터에는 없던 각종 영화제 수상 경력이 빼곡하게 적혀 있었다.

상영되는 극장은 독립영화극장이 아닌, 일반극장. 전국에 있는 모든 상영관에 다 걸린 것은 아니고, 광역시를 비롯한 큰

도시 위주로 걸리긴 했지만.

'반드시 제 영화를 극장에 걸 겁니다.'

박진우 연출은, 나와의 약속을 모두 지킨 셈이다.

일반 관객 GV에 배우가 따라나서는 경우는 드문 일이지만, 이 영화만큼은 함께하고 싶었다. 그래서 압구정 아트시네마 하우스에서 열린 〈양치기 청년〉 GV에 참석했다.

기자들의 뜨거운 사진 세례를 받으며 극장 안으로 들어선 나는, 근 9개월 만에 박진우 연출을 만났다.

"그간 잘 지내셨습니까?"

"이거, 몰라보겠습니다. 감독님?"

"으하하, 머리가 많이 길었지요."

분위기가 많이 바뀌어 있었다. 머리는 파리지앵을 연상케 하는 긴 장발이었고 동글동글하던 인상이 날렵하게 변했다.

"그사이 많은 일이 있었습니다. 일단 앉으시지요."

제법 시간이 남았던 터라, VIP대기룸에서 오랜만의 회포를 풀었다.

"축하드립니다."

내 축하 인사로 시작된 대화.

하지만 박진우 연출은 오히려 고개를 저으며 말했다.

"저야말로 축하드립니다. 임창태 감독님의 영화에 참여하셨다는 얘기는 들었지만……. 천만 배우라니."

"운이 좋았습니다."

"운으로만 되는 일인가요? 정말 용이 되셨습니다."

"감독님은 그동안 어떻게 지내셨습니까?"

박진우 연출은 그동안의 이야기를 들려주었다.

해외영화제를 돌며 수많은 감독과 만났던 일. 미국에서 구체적으로 영화 작업에 들어갈 뻔했으나, 엎어진 일. 그리고 본인 이름의 영화사를 세운 일까지.

나는 놀라 되물었다.

"영화사요?"

"예. 실은 그동안 고민을 많이 했는데, 제 주변 사람들과 더 오래 작업하고 싶었습니다. 다행히 좋은 기회를 만나 하게 되었지요."

"축하드립니다."

하지만 박진우 연출은 할 말이라도 남아 있는 듯했다.

"그게……. 실은, 그동안 많이 고민했습니다."

"어떤 고민이요?"

"제게 확답을 주지 않으셨지 않습니까? 그래서 고민했습니다. 제 차기작에 어떤 문제가 있는 것은 아닐까."

"……아."

일전에 미국에서 내게 보내주었던 대본.

제목이 뭐였던가. 기억이…… 나질 않는다.

솔직한 말로 〈양치기 청년〉의 임팩트 때문일까. 판단을 유보하고 있었다. 그렇게 답변을 미루다, 어느새 여기까지.

박진우 연출이 너털웃음을 터뜨리며 말했다.

"오래 고민했습니다. 이유가 뭘까, 왜 도 배우님을 사로잡지 못했는가. 하하……."

"그런 게 아니라……."

하지만 변명일 뿐이다.

"제 글이 좋았다면, 도 배우님 성격상 바로 연락을 주셨겠지요?"

"……."

맞는 말이다.

"그래서 새로 썼습니다. 국내에 머무르는 동안, 확실하게 차기작을 준비했지요. 도 배우님 마음에 들도록."

박진우 연출은 확실한 '무기'를 들고 왔다.

나를 위한 영화.

"영화사는 본래 첫 작품이 중요하지 않겠습니까. 그 기념비적인 영화를 꼭 도 배우님과 함께하고 싶습니다."

박진우 연출의 화끈한 구혼. 마치, 처음 SAFA 사무실에서 나와 마주하던 날. 내 등에 반드시 날개를 달아주겠다고 호언장담하던 그 자신감이 떠올랐다.

오랜만에 스친 옛 생각에 웃음이 터져 나왔다.

"푸핫"

"왜, 웃으십니까?"

"저 생각보다 입맛이 깐깐합니다."

"으하하! 알고 있습니다. 작품 보는 눈이 탁월하신 것. 하시는 작품마다 일정 기준 이상 흥행을 하셨지 않습니까? 특히 주연으로 출연하신 영화는 모두 성공하셨지요."

"그거, 감독님 영화도 포함입니까?"

"그럼요! 제작비 1억 원도 들지 않은 영화로 이만하면 성공했지요. 하하!"

그래. 내게 미안해하던 모습보다는, 이렇게 당당한 모습이 훨씬 보기 좋다.

"책, 조만간 보내드리겠습니다."

"기다리고 있겠습니다, 감독님."

이후에 이어진 GV에서도 박진우 연출은 거침없는 입담을 자랑했다. 지난 1년간, 수많은 외신 기자와 해외 명장들 사이에서 성장한 박진우 연출의 '경험'은, 이런 조그만 GV 정도는 아무것도 아닌 듯 보였다.

영화가 끝나고 기립박수를 치는 관객들에게는.

"앞으로 나눌 얘기 많으니, 박수는 조금 있다 받겠습니다."

라고 너스레를 떨었고, 관객들의 다양한 질문에도 막힘없이 대답했다. 모르긴 몰라도, 수차례 들은 질문일 것이다.

박진우 연출 옆자리에 있던 내게도 질문이 날아들었다.

"어쩌다 이 영화를 선택하시게 된 겁니까?"

나는 별다른 고민 없이, 대답했다.

"선택하지 않을 이유가 없었습니다. 제겐 매우 의미 있는 작품입니다."

"해당 영화의 영화제 수상과는 별개로, 배우님은 이미 필모그래피를 탄탄하게 쌓고 계셨지 않나요?"

한 기자의 날카로운 질문에 나는 빙그레 미소 지었다.

"제가 박진우 연출을 만나지 못했다면, 지금의 저는 없었을 겁니다."

눈에 띄지 않는 '신인' 시절에 박진우 연출은 나를 믿고 주연을 맡겨주었고, 나 역시 그에 보답했다.

올해 11월은, 영화제에도 참석하지 않고 촬영도 없었는데 왜 이렇게 정신없이 느껴지는 것일까.

"음."

잘 모르겠지만 아마, 재익이 형이 정신없기 때문 아닐까.

"좀, 좀! 전화 좀 그만하라고!"

재익이 형은 울리는 전화기를 보며 신경질적으로 소리 질렀지만, 금세 표정을 180도 바꾸며 전화를 받았다.

"네 L&K 황재익입니다. 아, 네 실장님!"

오랜만에 재익이 형과 술을 마셨다.

장소는 우리 집. 메뉴는 배와 야채, 빨간 초장을 버무려 먹는 막회와 요즘 딱 제철이라는 전어.

보기만 해도 침이 넘어가는 이 안주를 앞에 두고 불행하게도 고사만 지내고 있다. 소주는 한 병도 채 비우질 못하고 재익이 형은 전화기만 붙잡고 있었다.

"네, 네……. 다시 전화 드리겠습니다. 휴!"

전화를 끊자마자 소주잔을 입에 털어 넣었다.

"크으. 어휴, 이놈의 캐디(캐스팅디렉터)들. 드라마는 안 하겠다는데도 끝까지."

"이번에는 누군데요?"

"KTN. 아주, 모든 방송사 돌아가면서 전화야."

"안 하겠다고 하는데도?"

"응. 너 드라마 성공하는 거, 이제는 공식이잖아. 어떻게 해서든 모셔가려고 난리다, 난리."

재익이 형은 전어를 한 움큼 입에 넣고는 손가락 여덟 개를 펼쳐 보였다.

"이번엔 여덟 장이란다."

개런티 8천. 현재 최고의 주가를 올리고 있는 남자 배우들

개런티 수준이다. 불과 데뷔 2년 반 만에 여기까지 온 것이다.

지이이잉!

"으아! 또 전화 왔어!"

젓가락을 신경질적으로 내려놓으며 전화기를 들어 올렸다.

나는 그 모습을 바라보며, 실소를 지었다.

재익이 형이 오늘 우리 집을 찾은 것도, 이런 이유다.

'청춘 열차 문병철 감독 드라마 들어간다는데, 드라마는 정말 안 할 거지?'

'한 번만 읽어볼래? 이 영화는 어때?'

일, 일, 일.

나는 고개를 절레절레 저으며, 소주를 털어 넣었다.

꼴깍.

재익이 형이 전화를 끊으며 말했다.

"어디까지 얘기했었지?"

"음, 영화 얘기하다 끊어지고. 형이 제 로드 뛰는 거, 한탄하다 끊어지고. 이번엔 휴가 얘기하다가 끊어졌죠."

"아! 휴가!"

나는 휴가를 신청했다.

사실 나 같은 프리랜서에게 휴가가 무슨 의미가 있냐 싶지만, 내 스케줄 잡으려면 회사에다 말을 하는 게 예의지. 연락 안 받고 무작정 잠수 타는 연예인도 부지기수라던데.

"얼마나?"

"글쎄요. 한 달 정도?"

"음, 12월이네? 시상식은 오겠네? 다행이다."

대종상을 비롯한 방송사 시상식이 있는 12월. 올해에는 연기 대상을 노릴 법도 했지만. 아쉽게도 지상파 방송사 작품을 하지 않았다. 기대하는 것은, 대종상과 K어워드 정도.

나는 거실 한편에 놓인 상패들을 바라보며 소주를 또 한잔 넘겼다.

"......"

생각을 말자. 상 생각을 하니까, 또 쉬면 안 될 것 같다는 생각이 들잖아.

"그래, 잘 생각했어. 너 좀 쉬어야 해."

"형 생각도 그래요?"

"그럼. 이제 자리 잡았으니까, 여유롭게 영화 하고. 네 삶도 가지고 그러면 돼."

내 삶. 그러고 보면, 지난 시간 동안 앞만 보고 달려오지 않았나 싶다. 물론, 그 과정에서 많은 사람을 만나고 많은 것을 배웠지만.

문성이 형 못 본 지도 벌써 1년은 된 것 같은데, 휴가 때 대학로 한 번 가야겠다.

"일단 러프하게 잡아놓은 11월 일정 죄다 미뤄야겠네."

"무슨 일정이요?"

"새 CF도 있고. 불칸 새계약 건도 있고. 영화인 김장 나눔 행사도 있고. 부안에 영상 테마파크 옆에 새로 지은 거 알지? 거기 개관식도 가야 할 것 같고. 또……."

"……."

너무 많은걸. 날, 죽일 셈인가?

"몰라요. 저 죽을 것 같아요."

테이블에 머리를 처박고 늘어지자 형이 낄낄거렸다.

"그래! 가서 좀 쉬다 와. 근데, 어디로 가려고?"

아! 맞아. 나 어디로 가지?

"모르겠어요. 해외여행 제대로 가본 적 없어서, 한번 가볼 생각인데. 어디로 가죠?"

내가 갔던 해외라고는 영화제나 촬영 로케이션이 전부다.

나이가 서른인데, 나 대체 뭐 하고 산 거야?

남자 혼자 가는 해외여행, 어디가 좋을까. 미국, 아니, 가까운 일본?

"형은 외국 많이 다녔잖아요. 추천할 곳 없어요?"

하지만 재익이 형은 이런 부분에 약한 모습을 보였다.

"누가 그래? 외국 자주 간다고. 배우 담당은 죄다 중국 아니면 일본이지. 너 따라 미국도 처음 가봤다."

"……."

아, 의외인데.

툭 하면 해외 공연 나간다고, 힘들어하던 소윤이나, 배소현의 매니저가 떠올랐다.

아이돌 매니저와는 여러모로 다르구나.

"어쨌든, 가급적이면 중국이나 일본 같은 곳은 피해. 거기서는 네 얼굴 다 알아볼 거니까."

한류스타라면 한류스타일까. 아직 정식 활동을 한 적은 없지만, 중국, 일본 여기저기에서 드라마가 방영되고 있으니까.

"음, 정말 그렇겠네요."

"물론, 너 알아서 잘하겠지만. 공인이라는 것만 잊지 말고. 요새는 한국인들 외국에 많은 거 알고 있지? 실수하다가 사진 한 장 찍히면 SNS에 그대로 퍼진다?"

"예, 예."

"술 먹고 싸움하지 말고."

"제가 앤 가요?"

"그건 아니지만. 네가 좀 불안하긴 하지."

"……."

고오맙다.

내가 입줄을 삐죽이자, 재익이 형이 재밌다는 듯 웃었다.

"후후, 한잔하자! 건배해야지."

"건배사는?"

"그동안 고생했고, 앞으로도 고생할 우리 재희. 첫 해외여행을 위해!"

잔을 부딪쳤다.

쨍!

술잔을 넘기면서 미소 지었지만, 걱정되기도 한다.

나 혼자 해외여행이라니. 여권은? 렌트도 해야겠지? 국제면허증 발급도 받아야 할 테고. 환전도 해야겠지? 환율은?

"……."

에이이이! 걱정하지 말자.

일하느라 팍팍하게 늙어버린 내 청춘을 위해서라도, 기왕 마음먹은 거 제대로 놀다 오는 거다.

"마셔요!"

그렇게, 나 홀로 해외여행이 시작되었다.

나는 내 여행에 앞서, 부모님께도 해외여행을 권해드렸다.

어머니는 두 손을 모아 눈을 빛내며 되물으셨다.

"해외여행?"

"네."

"정말?"

"그럼요. 평소에 가고 싶었던 곳 있으세요?"

"허허, 갑작스러워서. 그런 게 있을 리가……."

아버지 역시, 기쁜 기색을 숨기지 못하셨지만 조금 부담스러운 얼굴이셨다.

아이, 그런 걱정 마시라니까. 미국도 좋고, 유럽도 좋고.

"어디든 좋아요. 저는 함께 못 가겠지만……."

회사원이 휴가를 쓰기에는 시기가 여의치 않은 11월. 나와 아버지의 휴가 일정이 달라, 함께 가지는 못하겠지만.

"이제껏 외국 한 번 못 나가보셨잖아요. 두 분, 좋은 추억 만들고 오세요."

무릇, 좋은 건 가족과 함께 나눠야지.

하지만 아버지는 역시, 부담스러운 듯 보였다.

"비행기 오래 타는 게 걱정이지. 기껏해야 제주도 갈 때나 타본 비행긴데. 갑자기 해외여행은 아무래도 좀……. 아얏!"

어머니의 옆구리 공격에 아버지가 입을 꾹 다무셨고 어머니는 입꼬리를 올리며 말씀하셨다.

"우리는 알아서 다녀올 테니, 아들이나 조심히 다녀와."

"푸흡. 네."

어머니가 확실히 결단력이 있으시다니까.

무릇, 돈도 써본 사람이 잘 쓰고, 여행도 다녀본 사람이 잘 다니는 법 아니겠는가.

내 야심 찬 해외여행 준비는 시작부터 난관에 봉착했다.

[요새 뜨는 핫플! 베트남 다낭 여행패키지.]

[연말연시 해외여행지 추천 Top 5.]

[겨울 호주 자유여행! 성향으로 찾는 세 가지 스타일.]

혼자 국내 여행조차 해본 적 없는 여행 초보가, 범람하는 여행 정보 홍수 속에서 여행지를 고르는 일은 쉽지 않다.

아시아권은 제외하고, 미국도 짧게 다녀왔으니 우선 제외.

'보름치기 서유럽 자유여행'이라는 제목의 블로그가 내 눈길을 끌었다.

"유럽…… 이라."

정확히는 영국 런던에서 시작해 프랑스 파리, 디종 스위스 인터라켄을 거쳐 이탈리아를 방점으로 찍고 로마에서 한국으로 돌아오는 대략 20일 내외의 자유여행.

도시 간의 이동을 최소화하고, 굵직굵직한 대도시 위주로 둘러보는 루트인데. 막연하게 휴양지에서의 휴식을 떠올렸던 머릿속이 말끔하게 정리되는 느낌이었다.

"괜찮은데."

기왕 나갔다 오는 거, 혼자 휴양지에서 뭐 하겠어. 여기저기 둘러보고 맛있는 것도 먹고 오는 게 낫겠지?

"……"

이런 나조차 확신을 하지 못하던 유럽 여행에 내 눈을 잡아 끄는 키워드 하나가 있었다.

'웨스트 엔드' 오, 재밌겠는데.

영국에서는 유로를 받아주지 않는다고 하여, 영국에서 사용할 파운드도 넉넉하게 환전했다. 유럽에는 소매치기가 많다는 어느 블로그의 말을 참고하여 선글라스로 여행 초보 느낌을 지우고, 지갑은 이중 삼중으로 꽁꽁 감췄다. 여권과 혹시나 준비한 국제면허증도 함께.

물론 선글라스는, '배우 도재희'를 감추기 위한 목적이 더 강하다.

"어?"

하지만 선글라스 따위, 내 정체를 숨길 수는 없었다. 티켓을 확인하는 항공사 직원이 나를 알아보고는 짐짓, 놀란 기색을 보였다.

"……"

얼굴은 왜 빨개지는데.

내가 손가락을 입에 살짝 가져다 대자.

"흠흠."

금세 기색을 감추고는 사무용 미소를 지어 보인다.

"드라마 잘 보고 있어요. 즐거운 여행 되세요."

나 역시 사무용 미소로 화답했다.

"네, 감사합니다."

질질질.

캐리어 위에 배낭을 올려 인천국제공항 탑승동으로 들어섰다.

비행 출발 시각은 오후 13시 15분.

12시간을 앉아 있어야 하는 장시간 비행에 앞서, 나는 인근 10번 게이트 인근 햄버거 가게 앞에 멈춰섰다.

우와, 사람이 너무 많잖아.

이미, 점심시간이라 가게는 포화상태였지만 딱히 다른 곳도 다르지 않았기에 나는 가게 안으로 들어섰다. 간신히 구석 자리를 차지한 나는, 주문한 치즈버거를 입에 물었다.

앙.

시선은 살짝 아래로 감자튀김만 바라보았고, 선글라스는 절대 벗지 않았다.

지난 2, 3년간 집과 촬영장만 반복해서 오갔다. 사적인 모임을 가더라도 내 옆에는 대부분 재익이 형이 있었고, 이렇게 혼자 사람 많은 곳에 있었던 적은 없었는데.

"……."

마치, 어미에게서 독립한 새끼 사자라도 된 기분, 아니, 수풀에 혼자 버려진 토끼인가.

모자라도 쓰고 올 걸 그랬다. 아니나 다를까, 옆에서 휴대폰 카메라 셔터 소리가 들려온다.

치이즈! 찰칵!

불빛이 번뜩이자, 습관처럼 시선이 옆으로 돌아갔다. 돌아보니, 이미 대다수가 나를 알아보고 이것저것 질문해 왔다.

"도재희?"

"우와, 배우 맞죠? 안녕하세요."

"……."

아, 들켜버렸어.

아니라도 딱 잡아뗄 수도 없는 노릇이다.

죄 진 것도 아니고.

나는 선글라스를 벗고 그 자리에서 고개를 숙여 인사했다.

"안녕하세요."

그러자, 숨 집어삼키는 소리가 주변에서 연신 들려왔다.

"헉! 도졌다."

"진짜 도재희야?"

"도재희가 왜 혼자 버거나라에 있어?"

"……."

아하하, 그러게요. 제가 왜 여기 있을까요?

"시, 식사 맛있게 하세요오."

자신감이 떨어져 어미가 뚝 떨어져 버린다. 특정 목표가 없는 괴상한 인사를 뱉은 나는 빠르게 식사를 마치려고 했지만, 주변에서 계속 사진을 찍어대는 터라 식사를 마칠 수가 없었다.

"저기, 죄송한데 사인 좀 부탁드려도 될까요."

"……아, 넵."

"그럼 저도 부탁드릴게요."

한 용기 있는 소녀 팬의 등장에 현장은 순식간에 팬 사인회 현장으로 바뀌었고.

"사진 찍어도 돼요?"

"오! 저도!"

기내 탑승 직전까지 사람들에게 둘러싸여 사진을 찍었다.

"줄 서세요. 줄!"

"제가 먼저 왔다니까요."

"아하하하……."

유명 배우에겐, 일정 범위 이상 들어올 수 없는 결계가 있다고 했던가. 다 뻥이었다!

용기 있는 사람이 결계를 부수면 너도나도 달려온다.

"여기도 천만, 저기도 천만."

L&K 엔터 휴게실.

시놉시스, 투자 현황, 투자 수익률을 예상한 시장분석 사례들이 너저분하게 놓여 있는 테이블 한쪽 귀퉁이에 앉아 있던 박찬익 팀장이 서류를 덮으며 말했다.

"요새 천만 시대잖아. 천만이 누구 집 개 이름은 아니지만, 그만큼 많다고. 근데 왜 유독 재희만 고집하는 거야? 재희 말고 다른 배우들 추천해도 되잖아."

앞에서 짜장면을 입에 밀어 넣던 황재익이 말했다.

"그야 흥행보증 때문이죠. 재희가 찍었다 하면, 작품은 대박인데. 손익 손실 난 영화는 '피셔'뿐이잖아요."

"알지, 아는데. 답답해서 그러지. 요즘 전화기 울리는 건 죄다 재희 찾는 전화들뿐이니까. 동 나잇대 딴 애들은 손가락 빨고 일일 들어가게 생겼어."

이미 20대 후반, 30대 초반의 남자 배우 중 캐스팅 1순위가 된 지 오래.

L&K 입장에서 도재희가 벌어들이는 금액이 상당하니 쌍수를 들고 환영할 입장이지만 영향력 있는 작품에 들어가야 하

는데, 다들 도재희만 찾아 일거리가 줄어든 기타 소속 배우들의 불만이 이만저만이 아니니, 매니지먼트 팀 입장에서도 골머리를 썩일 일이다.

박찬익 팀장이 물었다.

"재희는 뭐 해?"

"여행 갔죠. 유럽 간다던데."

"아, 휴가? 가기 전에 작품 얘기는 좀 해봤어?"

"네. 몇 개 던져봤는데 와서 보겠다는데, 별수 있나요."

"그래? 감독님들한테 둘러댈 핑계는 있겠네. 한 달 뒤에나 한국 들어온답니다. 흐흐. 사고는 안 치겠지?"

"사고 칠 성격은 아니죠. 아시잖아요. 자기 건들지만 않으면 성질 안 부리는 거."

그때, 조용히 앉아 있던 다른 매니저 한 명이 말했다.

"재희 실검 1위……? 뭐야? 휴가 갔다며? 스케줄 있어?"

"……."

그 말에 짜장면 그릇을 들고 있던 황재익과 박찬익 팀장의 얼굴이 똥빛으로 변했다.

"뭐?"

"무슨 말이야? 휴가 간 자식이 무슨 1위야."

이들의 머릿속에 스쳐 지나간 생각은 방금까지 떠들어대던 사고. 순간 별의별 생각이 다 스쳐 지나갔다.

헐레벌떡 휴대폰으로 달려간 세 사람의 얼굴이 허탈하게 변했다.

"도재희, 버거나라 앞에서 활짝? 공항 팬 사인회 중?"

"인천공항이 난리 난 이유. 도재희 깜짝 등장……?"

"참 나."

휴대폰을 내려놓은 박찬익 팀장이 짜장면 그릇을 가리키며 말했다.

"먹어, 먹어."

"……."

그러곤 안도와 짜증이 뒤섞인 분통을 터뜨렸다.

"아무리 점심시간이라도 그렇게 기삿거리가 없나. 햄버거 먹는 재희가 실검 1위야? 놀랐잖아!"

그리고 셋은 동시에 왁자한 웃음을 터뜨렸다.

"큭큭, 그래도. 재희니까 이 정도죠. 아이고, 배야. 무슨 햄버거 먹는 사진이 포털 메인에 뜨냐."

"큭큭, 야. 웃지 마. 나 진짜 간 떨어지는 줄 알았다고."

"이거, 재익이 너라도 따라갔어야 하는 거 아냐?"

"혼자 가겠다고 부득불 우기는데 말릴 수가 있나요. 잘하겠죠. 재희가 이미지 관리 하나는 끝내주잖아요. 여자도 멀리하고, 술도 조절하고."

박찬익 팀장도 고개를 끄덕이며 말했다.

"그래. 먹어, 먹어."

그러고는 다시 시선을 돌리며 조그맣게 중얼거렸다.

"얘는 여행 가서도 화제구만. SNS에 출발 전 기내 사진 올라와 있네? 근데, 이거 뭐야. 얘 이코노미 탔어?"

"아이고, 재희야……! 돈도 써본 사람이 쓴다더니."

"저는, 인간적이고 좋은데요?"

"인간적이긴? 재익아. 재희한테 연락해서, 출국 날짜 알아봐. 표 한 장 끊어주게."

"네."

나, 분명 12시간을 비행기에 앉아 있었는데, 시차를 거슬러 런던에 도착하니 17시 30분이다.

놀랍기보다는, 너무 뻐근하다.

아고고 허리야.

"즐거운 여행 되세요."

나는 지겨운 12시간의 비행 동안 말동무가 되어준 영국인 노부부에게 인사하고는 자리에서 일어났다.

그러자 노부부는 내게 싱긋 웃어주었다.

"Welcome to London."

12시간의 비행 동안, 노부부에게 런던에 대해 이것저것 들을 수 있었다.

어디가 유명하고, 어디에는 꼭 가야 하고. 어떻게 가는지.

덕분에 몸은 피곤했지만, 가슴 한구석에는 호기심과 설렘이 가득 찼다.

30분 이상 공항에 대기하며 입국심사를 거친 뒤에야, 드디어 영국에 첫발을 내디딜 수 있었다. 티켓을 구입한 뒤, 지하철에 몸을 실었다. 그리고 40여 분을 달려 피카딜리 서커스(Piccadilly Circus)에 도착할 수 있었다.

"후아."

어느새 어둑어둑해진 저녁. 서울과는 다른 이질적인 건축 양식과 빨간 이층 버스를 보니 영국에 왔다는 실감이 난다.

간판은 휘황찬란하고, 럭셔리한 가게들이 줄지어 늘어서 있는 곳. 유럽 여행을 기획하면서, 런던에서 생활하면서 내 중심 반경이 될 이곳. 피카딜리 서커스, 소호, 그리고.

"웨스트엔드."

세계 양대 뮤지컬 거리. 미국에는 브로드웨이가 있고, 영국에는 웨스트엔드가 있지. 셰익스피어의 본고장 영국까지 왔는데 연극도 한 편 보고, 뮤지컬도 봐야 하지 않겠는가?

극장만 50여 개가 몰려 있는 이 거리는, 상업적으로도 번화한 지역이라 사람들이 가득 몰려 있었는데.

"……."

당연한 얘기지만, 선글라스를 벗었음에도 나를 알아보는 사람이 아무도 없다. 해방감과도 비슷한 감정을 느꼈다.

어딜 가는 카메라기 따라다니던 삶에서 벗어난, 일탈.

"좋은데."

술도 마음껏 먹을 수 있고, 식당에서 밥 먹을 때 눈치 보지 않아도 된다.

갑자기 배가 고파지는걸. 오늘 하루 종일 점심 기내식으로 먹은 컵라면과 조각 케이크가 전부라고.

여행의 첫날. 오늘을 어떻게 보낼지 정했다.

진탕 먹고 마시고, 자는 거지.

그런데, 곧바로 숙소로 가려던 내 발길을 잡아끄는 사람들이 있었다.

"……뭐지?"

길 한복판에서 사람들이 잔뜩 모여 있다. 원형 극장처럼, 사람들이 둥글게 모여 무언가를 바라보고 있었는데.

"버스킹?"

맞네.

하지만 흔히 아는 버스킹은 아니었다. 마치, 연극 같았다.

3장

음악의 천사들

야외 '극장'이 아니다.

그냥 사람들이 붐비는 메인 스트릿 한 귀퉁이에서 시작된 젊은 외국인 배우들의 연기. 배우들은 모두 세 명이었다.

"⋯⋯."

나는 적잖이 놀랐다.

버스킹 하면, 기본적으로 음악을 떠올리니까.

하지만 음악을 비롯해 마술, 행위예술, 현대미술, 탭댄스, 그리고 뮤지컬 연기까지. 이 모든 것이 절묘하게 뒤섞인 곳이 바로 이곳, 웨스트엔드.

나는 그 자리에 홀린 듯 멈춰서, 이들을 바라보았다.

뮤지컬인가.

지나는 사람들의 시선을 집중시키는 배우들의 연기는 한 에피소드 당 10분을 넘어가지 않는 단막극이었다.

환경에 맞게, 긴 대사보다는 벌스, 감정, 표정, 몸짓으로 액팅을 극대화하는 배우들. 과연, 뮤지컬의 본고장답달까.

노래에는 큰 소질이 없는 나로서는, 듣기만 해도 귀가 즐거울 지경이었다.

연기하는 장면은, 국내에도 너무나 잘 알려진 세계 4대 뮤지컬. 오페라의 유령의 하이라이트.

연극영화과 재학 당시, Phantom of the Opera의 높은 음역을 소화하기 위해 연습실이 떠나가라 소리를 꽥꽥 질러대는 여학생들이 많았던 것을 기억한다.

대부분이 정말 못 들어줄 정도였지. 프로 배우들에게도 쉽지 않은 곡이니까.

그런데 웬걸.

"……."

이 아마추어 배우들은 그 높은 음역대를 완벽하게 소화해내버린다.

힘들어하는 기색 없이, 오히려 여유롭기까지 한 모습.

북적이는 길거리를 완벽한 '극장'으로 바꿔버리며 청중들의 열띤 박수를 얻어낸다.

"Woh!"

짝짝짝짝!

박수 소리가 터져 나오고, 나 역시 이들 틈에서 손뼉을 쳤다. 유료공연의 수준은 어느 정도길래, 이 정도 수준의 배우들이 길에서 공연하는 거지?

짧은 공연이 끝나고 사람들이 저마다 흩어지기 시작했다. 그사이, 나는 주머니에서 20파운드(약 2만 9천 원) 지폐 한 장을 꺼내 모금함에 집어넣었다.

"Thank you."

그러자 조금 전, Phantom of the Opera를 완창한 여배우가 눈웃음을 지어 보였고, 나 역시 희미하게 웃으며 엄지를 치켜들었다.

그리고 등을 돌리려는데, 남자 배우와 눈이 마주쳤다.

"……어?"

남자 배우의 눈동자가 커졌다. 하지만 특별한 말은 하지 않았고, 고맙다고 내게 똑같이 인사했다.

나는 웃어 보이며 뒷걸음질로 광장을 벗어났다.

여행 첫날에 마주한, 짧지만 특별한 공연. 뇌리에 남는 좋은 추억 한 편. 하지만 인연은 이게 끝이 아니었다.

시차 적응을 끝내 가벼워진 몸을 침대에서 일으켰다.

빅토리아 여왕극장 바로 맞은편의 헤이마켓 호텔.

어제는 호텔 식당에서 저녁을 먹고, 숙소 내에 있는 미니바에서 와인을 곁들였다.

그리고 죽은 듯이 자고 일어난 지금. 나는 부스스하게 치솟은 머리를 쓸어내리며 자리에서 일어났다. 커튼을 열어젖히니 따사로운 햇살과 함께 고풍스러운 런던의 거리가 한눈에 들어온다.

시간을 확인하니 오전 7시 20분.

나는 곧바로 방을 빠져나왔다.

호텔 분위기는, 고급스럽다기보다 동화 속에 나오는 런던의 오래된 목조 저택 같은 푸근한 분위기. 알록달록한 색감으로 꾸며진 호텔 로비를 지나, 1층 식당으로 향했다.

버섯 스프와 와플&샌드위치, 딸기와 커피를 주문하고 일정을 다시 확인했다. 인근의 세인트 폴 대성당과 타워 브릿지를 볼 생각이다.

그전에, 마제스티 극장에서 열리는 '오페라의 유령'을 아침 일찍 데이시트로 예매해야 한다.

일정을 빡빡하게 잡지는 않았다. 여유롭게 런던을 산책하듯 거닐고, 밤에는 어젯밤에 나를 '오페라'로 초대했던, 그 뮤지컬 한 편을 관람하는 것이 오늘의 일정.

호텔 식당에 있는데 전화가 걸려왔다. 재익이 형이다.

"여보세요?"

-거긴 아침이지? 일찍 일어났네?

"아침 먹으려고요. 한국은 오후죠?"

-응. 별일 없지?

"없어요."

너무 조용할 만큼 아무 일도 없지. 어제 런던에 도착했는데, 무슨 일이 있으면 안 되지.

재익이 형이 똑 부러지는 목소리로 말했다.

-다행이다. 근데, 여긴 별일 있어.

"응? 무슨 일이요?"

-네 공항 사진 SNS에 쫙 돌아다니고 있어. 알지?

"……."

나는 입을 다물었다.

몰랐는데요. 난 비행기 타고 있었다고.

-네 팬들이 허리 아프게 이코노미 타고 런던까지 갔다고 난리야 아주.

팬들?

"제가 런던에 있는 걸 알아요?"

-그럼. 출발 전에 기내에서 찍힌 사진도 있는데. 승무원도 사진 찍어달라고 했지? 그것도 다 알아.

"……."

아, 그러세요. 나에 대해 많이 아시네.

혹시, 공항에서부터 누가 날 따라와서 감시하고 있는 건 아닐까 싶어 고개를 두리번거렸다. 농담이다.

-출국 날짜가 언제야?

"27일?"

-로마에서지? 그거 퍼스트 클래스로 바꿔줄게.

"예? 이코노미는 제가 타고 싶어서 탄 건데요?"

돈이야 당장 풍족하게 여행할 만큼 벌어뒀지만, 뭐랄까. 큰 돈을 펑펑 쓰며 놀기에는 내 간이 작다고 할까.

딱히 '저축만이 답이야!'라는 생각도 아니지만, 그래도 퍼스트 클래스는 사치라는 생각이 든다.

돈이 얼만데.

하지만 회사 입장은 다른 모양이다.

-돈 몇백보다는, 도재희가 중요하니까. 회사 체면도 있고.

"……."

-마음 같아서는 지금이라도 따라가고 싶은데, 혼자 가는 첫 여행이잖아.

재익이 형은 똑같은 말을 강조했다.

'너 같이 노는 애들 많지 않아.'

후배며 매니저, 하다못해 경호원이라도 동행해서 짐 들고 다니게 하고, 개인 스케줄에 써먹는 스타들이 많다고 한다.

그런 의미에서 내 행동은 '신선'하기는 하지만, 그래도 '급'에 어울리지 않는다는 말.

"음."

뭔가 기스 날까 우려되는 '상품'이 된 것 같아서 찜찜하면서도 일리는 있었다. 그렇기에 승낙했다.

"알겠어요. 한국 들어가서 봬요."

전화를 끊자마자 포털 사이트에 내 이름을 검색하고 SNS를 뒤져보았다.

엄청난 양의 기사들과 사진들. 입이 쩍 벌어진다.

"도대체 이런 건 언제 찍힌 거야."

히드로 공항에 내린 직후에 찍힌 사진도 있다.

이거, 무서워지는데. 아무래도 선글라스 끼고 다녀야 할 것 같은걸.

아침 일찍 마제스티 극장에서 뮤지컬 '오페라의 유령' 표를 예매했다. 극장이 문을 여는 9시 전후로 해서, 당일 티켓을 싸게 판매하는 '데이시트'. 가장 좋은 좌석은 이미 예약이 꽉 차 있었지만, 55파운드짜리 좌석을 37파운드에 구매했으니, 운이 좋은 편이다.

아낄 수 있는 건 이렇게 아껴야지.

이번에는 싸게 구입했지만, 제값을 내고 봤어도 한국보다 오히려 티켓값이 싼 편이니 확실히 본고장은 다르다.

간 김에 프로그램 북도 함께 구매했는데, 캐스트와 크루들의 정보, 배우들이 부르게 될 뮤지컬 넘버를 포함한 뮤지컬 상세 정보가 가득 담겨 있다.

가격은 10파운드(대략 1만 4천 원). 정말 전부 돈이다.

하지만 그렇다고 이런 것을 놓칠 수는 없지.

5파운드를 더 내고 스크립트 북(대본)까지 구입했다.

지금도 영어로 일상 대화는 문제가 없는 수준이지만.

[뮤지컬 <Phantom of the Opera>를 흡수하시겠습니까?]

대본을 통째로 머릿속에 집어넣으면 모국어로 보듯 뮤지컬을 감상할 수 있을 테니까.

점심은 한국에서도 유명한 제이미 올리버 레스토랑. 새우가 일품인 생면 파스타에 갈릭 브레드를 먹고 빨간 이층 버스를 타고 세인트 폴 대성당에 도착했다.

높은 빌딩 사이에 떡하니 버티고 서 있는 한국의 광화문처럼, 현대적인 건물들 사이에 위치한 세인트 폴 성당의 고풍스러운 외관은, 확실히 특별해 보인다.

뭐랄까, 당당함 사이에 있는 부드러움이랄까.

멀지 않은 거리에 오밀조밀하게 관광지들이 모여 있다고 했기에 지도를 찾아보지 않고 관광객들 인파 사이에 묻혀 함께 걸었다. 따뜻한 아메리카노와 함께.

런던의 대표적인 랜드마크로 꼽히는 타워 브릿지를 바라보며 돌계단에 앉아 커피를 마셨다.

불어오는 바람에 머리칼이 휘날리고, 커피가 싸늘하게 식어갈 무렵. 절대 쉽지 않은 인연이, 바람처럼 다시 나타났다.

"응?"

어젯밤, 런던에 막 도착한 나를 환영하듯 들려온 뮤지컬 한 소절.

'Phantom of the Opera.'

똑같은 노래가 앰프에 실려, 바람에 실려. 귀를 두드린다.

나는 노랫소리가 이끄는 대로 걸었다. 소리는 아주 가까이에서 나고 있었다.

어딜까.

타워 브릿지를 관통하고 있는 탬스 강변에 펼쳐진 작은 바위 무대. 그곳에서 울려 퍼지는 노랫소리.

가까이 다가간 나는 눈을 크게 떴다.

"……어라."

어제 만났던 그 배우들이었다. 그들은 정말 런던의 유령처럼, 런던 어디에도 있었다.

유랑극단처럼 길에서 노래하고, 연기했다. 그리고 나는 마치, 유령에 홀린 '크리스틴(오페라의 유령 여주인공)'처럼, 이들의 노랫소리를 따라 걸었고, 노래 한 소절이 끝나고 다음 소절을 준비하던 남자 배우와 눈이 마주쳤다.

그가 눈을 번쩍 뜨더니 환하게 웃으며 내게 손짓했다.

"이봐요!"

"……."

어젯밤의 나를 알아본 것이다.

동양인이라서, 나를 알아본 것일까. 아니, 그럴 리가. 여기에 동양인이 얼마나 많은데.

나는 멋쩍게 손을 들어 올렸다.

하하! 안녕하세요.

샘, 행거, 아리아나.

미래의 뮤지컬 스타를 꿈꾸는 영국 배우들. 우연한 기회에 인연이 닿은 이들과 나는 따뜻한 카페에서 커피를 마셨다. 이들은 웨스트엔드 무대에 서는 것을 목표로, 길에서 노래를 연습하고 연기를 한다.

이들이 나를 알아본 것은.

"나, 그 영화 봤다고."

영화 〈양치기 청년〉 때문이었다.

스코틀랜드 출신의 금발 청년 샘은, 고향 에든버러에 초청된 〈양치기 청년〉을 보았고, 나를 기억했다고.

"어젯밤에 봤을 때는 확신을 못 했거든. 그 사람이 왜 여기 있겠어? 한국에 있겠지. 그런데 오늘 낮에 보니까 딱 알아봤다고. 아! 내가 본 그 사람이구나!"

호들갑을 떠는 샘 덕분에 분위기가 한층 부드러워졌다.

털이 복슬복슬한 행거가 말했다.

"맞아. 샘이 어제부터 매일 '제이' 얘기만 했다고. 나, 아무래도 엄청난 '스타'를 본 것 같다고 말이야."

"하하!"

재희, 라는 이름보다는 '제이'가 부르기 편한 것 같아 나는 굳이 정정하지 않았다.

이들이 나를 알아봐서가 아니라, 대화 자체가 시종일관 유쾌했다. 높은 웨스트엔드의 벽을 넘어서기 위해 길에서 연기하고 자신을 알리려는 이들의 노력만 보아도 알 수 있다.

실패를 비관하지 않고, 나아가려면 웬만큼 낙관적인 성격이 아니라면 힘들 테니까.

이들의 처지를 동정할 필요도 없다. 확신한다! 이들은 해낼 것이라고.

"그나저나, 매일 그렇게 노래를 하는 겁니까?"

내 질문에 아리아나가 말했다.

"네. 보통은 매일."

내가 유령에 이끌린 '크리스틴'처럼 당신들을 따라다녔다고 말하자 아리아나가 웃으며 말했다.

"관광객이 많이 몰리는 스팟에서 노래를 했고, 아주 높은 확률로 겹쳤을 뿐이에요."

아주 좋은 아이디어라고 생각했다.

관광객들의 눈에는 정말 신선하게 보일 테니까. 당장 SNS에 올리지 않고 어찌, 배기겠는가.

그때, 샘이 내가 벗어둔 코트 위에 가지런히 올려져 있는 '오페라의 유령' 프로그램 북을 바라보며 말했다.

"제이도, 공연에 관심 있어요?"

"아. 오늘 공연을 보러 갈 겁니다. 어제 여러분들 공연이 제 호기심을 자극했거든요. 정말 최고의 공연이었어요."

내 말에 아리아나는 재미있다는 듯 입을 가리며 웃었다.

"제이에게도 음악의 천사가 내려왔네요?"

"응?"

음악의 천사란, 오페라의 유령에서 '크리스틴'이 '유령'을 생각하는 단어를 지칭한다. 현혹, 혹은 허울.

"저희 노래로는 충분하지 못했나 보군요. 후후."

"아뇨, 그럴 리가요."

아리아나가 장난스럽게 웃으며 말했다.

"아버지가 말씀하셨어요. '제이, 당신이 런던에 도착하면 반드시 음악의 천사를 보내주마'라고요. 라울."

이는 오페라의 유령의 대사를 현 상황에 맞춰 장난스럽게 바꾼 것이었다. 나 역시 그에 화답하듯 장난스럽게 오페라의 유령의 대사를 외었다.

"맞아요. 의심할 것 없죠. 아리아나. 나는 런던에 도착했고, 지금 '음악의 천사'의 방문을 받았어요. 바로, 당신들이죠. 저녁이나 먹으러 갈까요."

그러고는 엄지를 치켜들었다.

당신들이 내게 좋은 추억을 안겨주었다는, 칭찬이 내포된 말이었지만 이들은 놀라며 입을 뜨악하게 벌렸다.

"제이."

"네?"

"한국에서는 배우들이 뮤지컬 대사를 외우고 다니나요?"

아아, 아니지. 그럴 리가.

나는 장난스럽게 웃으며 말했다.

"저는 그래요. 후후."

"오……."

장난스럽게 던졌던 한마디.

이게 이런 결과를 불러올 줄이야.

저녁 7시 30분.

뮤지컬 오페라의 유령 전용 극장인 마제스티 극장에 들어섰다. 극장의 분위기는, 가스통 루르의 원작 소설에서 느낄 수 있는 정말 '오래된 극장' 분위기. 생각보다 좁고 낡은 내부와 스산한 무대는 그 침침한 분위기를 더욱 짙게 만든다.

내 자리는 우측 중앙.

무대는 생각보다 폭이 좁았고, 그 무대를 내려다보며 3, 4층의 오밀조밀한 객석에서 관람했다.

극 자체는 나쁘지 않았다.

공연 중간에 '팬텀'이 객석 출입구에서 등장하는 장면 같은, 관객들이 깜짝 놀라 자지러지는 연출들은 흥미로웠다.

극장이 좁았기에 가능했으리라.

출연자는 바스티안 요셉과 미람다 라는 걸출한 뮤지컬 스타, 연기도 좋고 노래도 좋았지만.

……뭐랄까.

"공연 어땠어요?"

공연이 끝나고 근처 펍에서 만난 아리아나의 질문에 나는 곧바로 대답하지 못했다.

"음, 좋았어요."

그냥 어물쩍 둘러댔을 뿐이다.

왜 나는 웨스트엔드를 대표하는 프로들의 공연에서 '음악의 천사'를 찾지 못했을까.

오픈 런(Open Run). 기간을 정해두지 않고 매일 매일 똑같은 공연을 하는 것을 의미하는데. 웨스트엔드 대부분의 공연이 오픈 런을 넘어 '전용' 극장의 형태를 취했다.

트리플 캐스팅이라고는 하지만, 배우들은 별다른 긴장감 없이 매일 똑같은 공연을 해야 한다. 몇 달을 그렇게 반복하다 보면 처음 무대에 오르던 그 긴장감은 사라지고, 자연스럽게 권태로움에 빠질 수 있겠지.

아마 그런 이유 때문이 아닐까?

오히려 내 앞에서 맥주를 홀짝이고 있는 이들. 샘, 행거, 아리아나가 부르고 싸구려 앰프에서 나오던 노래가 훨씬 마음을 울렸다.

내가 물었다.

"오늘 버스킹은 어땠어요?"

조금 이른 저녁을 먹고, 이들과 헤어진 나는 공연을 보았고. 이들은 어제처럼 똑같이 피카딜리 서커스의 메인 스트릿에서 공연을 했다.

"죽여줬죠."

아리아나가 입꼬리를 올렸다.

연한 금발에 새하얀 피부를 가진 아리아나가 무대에서 크리스틴을 연기하는 모습을 상상했다.

음, 훌륭한데.

나는 백 팩에서 프로그램 북 세 권을 꺼내 들었다. 그리고 샘, 행거, 아리아나에게 각각 하나씩 건네주었다.

"여기요. 바스티안 요셉? 라울 역을 맡았던 배우 사인은 못 받았어요."

뮤지컬 스타들의 사인이 그려진 프로그램 북이다.

스테이지 도어.

배우와 크루들이 드나드는 문인데, 공연이 끝나고 관객들은 이 스테이지 도어 앞에서 퇴근하는 배우들을 기다린다. 퇴근 준비를 마친 배우들이 이 문을 통해 나오면, 그때 사인을 받거나 사진을 찍고 인사를 나눈다. 나는 이들의 부탁을 받고 스테이지 도어 앞에서 영국 뮤지컬 스타들의 사인을 받아주었다.

사인을 해주기는 했지만, 받아 본 것은 처음이야.

조금 생소한 경험이었지만.

"우와, 고마워요."

아리아나가 환하게 웃어 보였고 샘과 행거는 들떠서 펍이 떠나갈 듯 소리를 질렀다.

"고마워요, 제이!"

이렇게 기뻐하는 얼굴을 보는 것만으로도, 충분히 가치 있는 일이다.

하하, 그냥 사인을 받아준 것일 뿐인데 그렇게 기쁠까.

그때, 샘이 내게 물었다.

"제이, 유럽 여행 중이라고 했죠?"

"네."

"런던에 얼마나 머무나요?"

"사흘 후에 출국이에요. 프랑스로."

"아, 그래요?"

그 질문을 끝으로 샘과 행거, 아리아나는 서로를 마주 보며 미소 지었다.

아주 음흉하게.

"......"

뭐지?

아리아나는 마치, 크리스마스 선물을 기대하는 어린아이같이 내게 물었다.

"그럼 내일모레, 또 볼 수 있을까요?"

시간은 빠르게 흘렀다. 나는 그사이 푹 쉬고, 푹 마시고, 런던 이모저모를 돌아다녔다.

첫 여행지인 런던에서의 여행이 끝나기 하루 전날. 런던의 '음악의 천사'들을 만나기 위해, 트라팔가 광장으로 향했다.

런던에서 여행 중 맑은 하늘을 보는 것은 축복이라고 했던가. 차갑지 않은 공기에 따스하기까지 한 햇빛, 감동 그 자체다.

나는 따뜻한 커피 네 잔을 들고 정오의 광장을 찾았다.

이들을 찾는 것은 어렵지 않았다.

분주하게 무언가를 나르고 있는 사람들을 찾으면 되었으니까. 장비라고는 낡은 앰프 하나뿐이지만, 장비를 챙기고 마이크를 설치한다.

"어, 제이!"

샘이 나를 알아보고는 멀리서 손짓했다. 행거와 아리아나도 웃어 보인다.

뮤지컬 버스킹.

벌써 두 번이나 보았지만, 이들의 공연을 보고 있으면 활력을 얻는 기분이다.

'이기기 위해'서가 아니라. 어딘가에 '닿기' 위한 열정.

우연한 만남이었지만, 머릿속이 개운해지는 느낌이다.

"그럼, 시작할게요."

곧이어, 모든 준비를 끝낸 샘과 행거, 아리아나가 자세를 갖추었다.

의상도, 소품도 대충 망토 하나 두른 것이 전부. 그 무엇 하나 제대로 갖추지 못했지만, 그런 것 따위는 관계없다는 듯, 뮤지컬 '오페라의 유령'을 연기하기 시작했다.

런던에서의, 아니, 이번 여행에서 내가 즐기는 마지막 공연. 하지만, 애석하게도 관객은 나뿐이었다.

광장을 지나가는 사람들은 이런 공연은 익숙하다는 듯, 저마다 바쁜 걸음을 재촉할 뿐이다.

"……."

관객이 많을수록, 연기하는 이들 역시 즐거울 텐데.

나는 사람들을 불러 모으고 싶다는 생각을 했다.

그때였다.

"어? 도재희?"

"……."

한국어가 들린 것 같은 기분은 내 착각일까, 아니, 착각이 아니야.

나는 고개를 돌렸다.

'저를 아세요?'

아주 사무적인 미소로. 그러자 남자가 소리 질렀다.

"우아아아아아악!"

"……."

까, 깜짝이야. 리액션이 너무 강하잖아. 다 쳐다보는데.

트라팔가 광장 한복판에서 마주친 사람은 다름 아닌 한국인. 주변에는 외국인 친구들이 많은 것으로 보아, 유학생 정도로 보였다. 그는 매우 흥분한 듯 보였다.

"뭐지? 뭐야? 지금 촬영 중이에요?"

그러고는 주위를 두리번거리며 카메라를 찾는다. 하지만 카메라가 있을 리가 없지. 아니, 생길지도 모르겠어.

"왜 여기 계세요?"

이렇게 자꾸 시끄럽게 굴면, 바로 SNS에 올라갈 것 같은데. '런던 시내 고성방가. 시끌벅적 한인들!' 이런 제목 따위로 말이야.

"여행 왔어요."

"으아! 대박, 여기서 연예인을 만나다니. 저는 유학생이거든요. 한국인."

사실, 이제껏 동양인으로 보이는 사람들도 꽤 있었다.

한국인이 없는 나라가 어디 있을까.

하지만, 직접적으로 내게 말을 걸어온 사람은 없었는데.

"사진 한 장만 찍어도 될까요?"

여행의 묘미는 새로운 곳에서 마주하는 타인의 일상을 함께 공유하는 것. 단순히 푹 쉬고, 배부르게 먹는 것도 좋지만. 전혀 몰랐던 사람들과의 만남이 주는 설렘도 존재한다.

"......"

아, 물론 나는 그 사람을 모르지만. 그 사람은 '나'를 알아볼지도 모른다.

바로 지금처럼.

"오, 예쓰! 감사합니다. 헤이! 제이니. 여기 소개할게. He is Actor!"

사진을 찍고 나자, 유학생은 주변의 외국인 친구들에게 나를 소개하기 시작했다.

"코리안 톱스타 베리베리 페이머스! 코리안 톰 크루즈."

"Oh! Really?"

너도나도 휴대폰을 꺼내 나와 사진을 찍으려고 한다.

나는 어색하게 양 입꼬리를 씰룩였다.

"……."

하하, 치이즈.

그런데, 내 옆에 함께 서 있어준 유학생 친구들 덕분일까.

썰렁하기만 하던 뮤지컬 버스킹 주변의 기류가 변하기 시작했다.

"왜 모여 있지?"

"공연인가?"

사람들이 몰려들기 시작했다.

"think of me."

"오페라의 유령인데?"

앰프에서 흘러나오는 익숙한 멜로디. 길거리에서 펼쳐진 격정적인 진풍경. 사람들의 발길을 사로잡는 아리아나의 황홀한 목소리. 그리고 자신의 꿈을 위해 목청이 터져라 연기하는 배우들.

나는 저들을 바라보면서 묘한 기분을 느꼈다.

아마, 여행길에서 내가 느끼고 싶었던 기분은 이런 것들이 아닐까. 일종의, 환기.

그 동아 지친 내 일상을 벗어나 머릿속을 잠식하고 있는 복잡한 상념들로부터 벗어나기 위함.

그동안 내 옆에는 항상 사람이 있었다. 매니저, 스타일리스트 단순히 이런 물리적인 것을 떠나서. 나는 항상 작품에 들어가 있었고, '작품'에 참여하는 수십 명의 스탭들은 '나'를 따라다녔다.

편의점을 갈 때도, 집 앞에서 술을 마실 때도. 온전히 나 혼자만이 짊어질 수 있는 '개인'의 무게와는 다른 너무나도 무겁고 막중한 책임감.

내 잘못은 곧, 작품 전체의 잘못이 되곤 하니까.

"우와."

그러다 마주하게 된 오로지 나 '혼자'만의 생활.

새로운 곳에서 마주한 얼굴은- 생각보다 멀리 있는 타인이 얼굴이 아니었다. 내 얼굴이다.

나는 아무 생각 없이 환하게 웃으며, 웃고 즐길 수 있다.

연기하고 있는 저들도. 보고 있는 나도.

나는 입이 쩍 벌어질 만큼 몰입했다.

"워우!"

어린아이처럼 즐거워하는 내 모습에 한국인 유학생을 비롯

한 관객들이 환호했고, 뮤지컬 갈라 쇼처럼 진행된, 짧은 단막
극은 하이라이트인 'The Pantom of the opera'를 향해 달려가
고 있었다.

한국에서도 너무나 유명해, 전주만 짧게 들어도 알아차리
는 그 음악. 뮤지컬의 본고장에서는 말해 뭐할까.

주변은 어느새 사람들로 북적이고 있었고, 저마다 환호성을
질렀다. 마치, 미니 콘서트를 방불케 했다.

그때였다. 무언가 내 손을 붕! 잡아끄는 듯한, 느낌.

"어? 어, 어……!"

아리아나와 샘, 행거가 내게 다가와 내 팔을 붙잡았다.

"자, 잠시만."

그러고는, 나를 자기네들 쪽으로 끌어당겼다. 졸지에 사람
들 앞에 불려 나간 나는, 두 팔을 크게 들어 올렸다.

'What?'

과장된 액션. 하지만 뭘 의미하는지는 이미 알고 있다.

"같이 부르자고. 대사는 알잖아요?"

"아, 아니, 저 노래 못해요."

"그냥 같이 부르자고요."

사람들의 시선이 내게 날아와 꽂혔다.

"뭐지? 퍼포먼스인가?"

"아닌 것 같은데? 즉흥으로 불러낸 것 같은데?"

저마다 각기 다른 반응을 보이며, 내 등장을 궁금해하고 있다.

행거가 웃으며 마이크를 내게 건넸다.

"제이, 런던의 마지막을 즐기자고."

"……."

아, 이 음악의 악동들.

나는 당황하며 양손으로 이마를 감쌌지만, 이상하게도 기분이 나쁘지는 않았다. 아니, 입꼬리가 자꾸 올라간다.

즐거워. 당황한 얼굴 뒤에 숨겨진 내 본심.

속으로 은근히, 즐겁게 연기하고 노래하는 저들이 부러웠던 모양이다.

아이고, 이런. 공연 망쳐도 내 책임지지 말라고.

"저 진짜 노래, 못해요."

"괜찮아요. 같이 불러요."

나는 마이크를 받아들었다.

런던 트라팔가, 코리안 뮤지컬 버스킹.

별다를 것 없어 보이는 제목의 영상에는 세 명의 뮤지컬 배우와, 한 명의 동양인 남자가 다듬어지지 않은 뮤지컬 갈라 쇼를 선보이는 모습이 담겨 있었다. 게시자는 런던에 거주하는 한국인 유학생.

이 영상이 찍혔던 그 날.

뮤지컬 버스킹을 촬영하던 유학생이 배우들이 일제히 앞으로 나와 도재희를 데려가고 '즉흥적'으로 노래를 시작하자, 카메라는 도재희만을 집중했다.

"……대박."

눈을 뗄 수가 없었다. 느닷없이 나타난 동양인이 완벽한 영국 발음으로 노래를 부르자, 반응은 뜨거웠다.

노래에는 자신이 없는지, 처음에는 적당히 흥얼거리는 수준으로 시작하더니 시간이 조금 지날수록 무대에 빠르게 적응을 마치고 본격적으로 노래하기 시작했다.

폭발적인 가창력도 아니었고, 뛰어난 기교도 없었지만.

"와!"

진솔함이 느껴졌다.

노래도 결국, 3분의 연기가 아니겠는가.

'팬텀'을 연기한 행거는 도재희의 이런 의외의 모습에, 중간부터는 마이크를 떼고 노래를 멈춤으로써 도재희에게 솔로를 맡기기도 했다. 노래 이외에도 워낙 즉흥적인 공연이라, 대사가 맞지 않는 장면들이 자주 연출되기는 했지만, 이 모든 상황이 '즉흥'이라는 것을 이해한 관객들의 웃음소리와 함께, 분위기는 부드럽게 반전되었다.

무작정 영상을 찍긴 찍었지만, 혼자 소장하긴 아까웠던 유학생은 도재희에게 물었다.

"이거, 제 SNS에 올려도 되나요?"

도재희는 잠시 고민하더니, 고개를 끄덕이며 말했다.

"어차피, 누군가는 올리겠죠?"

유학생의 얼굴은 금세 밝아졌다.

"당연하죠."

오래된 극장 대신, 고풍스러운 런던의 거리를 배경 삼아 연기하던 어딘가 어설픈 팬텀과 프리마돈나.

우리는 길거리 공연을 무사히 마치고, 인근 술집에 들어섰다. 내가 맥주 네 잔과 감자튀김값을 모두 결제하자 아리아나가 황급히 내 팔을 잡으며 말했다.

"오늘은 저희건 저희가 살게요."

"괜찮아요."

"아무리 그래도 매일 얻어먹어도 되는지 모르겠네요."

나는 웃으며 말했다.

"신경 쓰지 마세요. 덕분에 이렇게 맛있는 맥주집도 알게 되었는걸요."

그러자, 런던이 고향이라는 행거가 왁자하게 웃음을 터뜨렸다.

"으하하! 여기가, 현지인들 아니면 잘 모르는 곳이긴 하죠. 관광객들 코스와는 동떨어져 있으니까."

런던의 맥주가 특별한지는 잘 모르겠으나, 소호 시내 조금 외곽에 위치한 Bell's Beer의 수제 맥주 맛은 특별했다.

맥주의 풍미를 돋구어주는 하얀 거품의 부드러움이 일품. 멘솔 향이 아주 살짝 나면서 알싸한 맛이 나기도 했는데, 짙은 풍미는 흑맥주 저리 가라다.

"공짜 술만큼 맛있는 술도 없죠. 제이가, 한국에서 유명한 스타라고 하니까. 감사히 얻어먹겠습니다. 으하하!"

혼자 하는 여행. 휴식과 낭만을 기대하고 떠난 여행이지만, 솔직히 조금은 지루한 감이 없지 않았다.

나는 그동안 사람들이 북적북적한 환경에서 지내왔으니까.

맛있는 음식을 먹어도, 아무리 멋진 곳을 둘러보아도, 함께 기쁨을 나눌 사람이 없으니까.

그러다 우연히 마주한 이 놀라운 인연.

맥주 몇 잔에 훌륭한 공연을 공짜로 보고 사람들 앞에서 가슴 뛰는 무대를 선보였는데 오히려 맥주로 퉁 치려니, 내 쪽이 더 미안하다고.

그때, 아리아나가 내게 물었다.

"그런데 한국에서 얼마나 유명한 거예요? 아까 그 한국인 학생이 엄청 반가워하던데."

"오, 그러게? 샘이 에든버러 영화제에서 제이 얼굴을 본 게, 지난 7월이니까……. 아직 녁 달밖에 안 지났잖아? 제이, 말 좀 해봐요. 그렇게 유명했어요?"

"내가 말했잖아. 연기도 엄청 잘하고 유명하다니까? 맞죠, 제이?"

나는 어색하게 웃었다.

"그 정도는 아니에요. 그냥, 이제 막 조금씩 찾아주시는 분들이 생겼을 뿐이지."

"와, 그래도 대단한데?"

행거가 감탄하며 중얼거렸다.

"우리도 누가 좀 찾아줬으면 좋겠다."

"하하."

나는 확신한다. 당신들은 조만간, 웨스트엔드에서 가장 유명한 뮤지컬 트리오가 되어 있을 것이라고.

그럼, 당연하지. 가창력도 가창력이지만, 뮤지컬에 관심 없는 나 같은 사람의 마음을 울리는 노래를 하는걸.

그때, 샘이 휴대폰을 꺼내 들었다.

"아무래도 구글에 제이 검색해 봐야겠어. 뭐라고 검색해야 하지?"

"제이라고 치니까 안 나오네. 제이? 풀네임이 뭐였죠?"

한 자 한 자 끊어서 스펠링도 함께 말해주었다.

"도재희."

구글에 영어로 내 이름을 치면 뭐가 나올까. 모르겠네.

휴대폰 스크롤을 내리던 아리아나의 눈이 커졌다.

"우와."

"뭐야, 뭔데? 응?"

"이게 다 뭐야……?"

그러자 샘과 행거가 관심을 보였다.

간단한 약력. 국내의 독립스타상, 신인 연기상, 최우수 연기상, 베스트 커플 상.

뭐, 이런 것들을 떠나서 선댄스에서 '대상'을 수상하고 심사위원들에게 극찬을 받았다는 내용이나, 한국에서 1,000만 관객을 돌파한 영화의 주연이라는 사실들이 한국 기사를 인용하여 짤막하게 나와 있었다.

"정말? 이 정도라고?"

나를 제일 먼저 알아보았던 샘 역시 조금 놀란 듯 보였다.

"이, 이 정도로 대단한 사람일 줄은……. 미처 몰랐네……."

"한국에서 모르는 사람이 없는 배우라는데?"

"정말?"

"……."

뭐, 확실히 〈이선〉을 통해서 인지도를 올리긴 했으니까. 남녀노소를 불문하고 사랑받는 장르가 사극 아니겠는가.

"혹시, 유튜브에 검색해도 나올까? 연기 동영상 좀 보고 싶은데."

내게 급격하게 관심을 가지기 시작한 이들은 어느새 유튜브에 올라가 있는 〈이선〉의 예고편을 돌려보기 시작했다.

뒤주에 갇혀 비명을 지르는 장면.

"Crazy man!"

하긴, 사정을 모르는 외국인들에게 영조는 크레이지 맨으로 보일 수도 있겠다.

그나저나 펍에서 사극을 돌려보며 비명을 지르는 외국인들이라니. 생각지도 못한 광경인걸.

동영상을 다 보고 난 샘이 내게 물었다.

"제이, 어렵게 대하지 않아도 되죠?"

아이, 참. 샘, 얼굴이 화끈거리는 질문이라고.

"물론이죠."

나라는 사람은 변한 게 없는 데 말이야.

그때, 동영상을 확인하던 아리아나가 말했다.

"어? 근데 이건 뭐야? 트라팔가 버스킹?"

……응?

유튜브에는 올린 지 2시간도 안 된 '트라팔가 버스킹' 동영상이 내 이름과 함께 올라가 있었다. 아마도, 그 유학인 학생이 올린 듯했다.

조회 수는 고작 370회.

동영상을 돌려보던 샘, 행거, 아리아나의 눈빛이 반짝였다. 동양에서 날아온, 이름 모를 스타와 함께한 무대가 썩 마음에 드는 모양이다.

"이런 건 바로 트위터에 올려야지!"

"좋아 나도!"

저마다 SNS에 동영상을 공유하며 퍼 나르기 시작했다.

"근데 제이, 원래 뮤지컬 했던 건 아니죠?"

"전혀요."

내 대답에 아리아나가 웃으며 말했다.

"역시."

"……."

역시라니.

"노래 배운 느낌은 아니었지?"

"그렇지. 배운 티는 안 났지."

"……."

고오맙다.

하지만 이들의 말은 마지막이 핵심이었다.

"그런데, 정말 다시 보고 싶은 동영상이네요. 기교를 떠나서, 너무 완성도 높은 연기였어요."

"맞아. 소름 돋는 가창력은 아니지만, 계속 보고 싶은 느낌. 음……. 출발선에 서 있는 천재를 본 느낌이랄까?"

"귀가 아니라. 심장을 울리는 노래였어요."

심장을 울리는 노래라니. 그저 뮤지컬 배우 흉내만 내게 너무나 과한 극찬이다.

나는 어색함에.

"흠흠."

헛기침하며 맥주잔으로 입을 가렸다.

하지만 입꼬리는 자꾸만 올라간다.

목을 축이고 내가 말했다.

"오히려 당신들이 제 심장을 울렸어요. 안개 가득한 런던에서 뛸 힘을 얻었어요."

그러자 아리아나가 아주 예쁜 얼굴로 싱긋 웃었다.

"고마워요, 제이."

내가 말했다.

"건배할까요?"

"좋아요. 뭘 위해서?"

"당신들의 웨스트엔드 데뷔를 위해."

그러자 샘이 활기찬 목소리로 자리에서 일어나 말했다.

"제이의 즐거운 여행을 위해!"

챙!

두꺼운 맥주잔이 강하게 부딪혔다.

술잔을 털어 넣자, 아리아나가 당당한 목소리로 말했다.

"제이, 다음에 런던에 오면 여왕극장에서 공연하고 있는 우리를 볼 수 있을 거예요. 후후."

강한 어조였지만, 다분히 장난기 가득한 말.

맞아. 나는 확신한다.

"물론이죠. 런던에 도착하면 제일 먼저 보이는 포스터에 당신들 얼굴이 있기를 기대할게요. 그리고 말할게요. '아! 저들이 내 친구들이야'라고. 후후."

아리아나가 감격이라도 한 듯, 눈을 가늘게 뜨며 물었다.

"……연락하고 지내도 되죠?"

"그럼요. 한국 들어가면 연락할게요."

취기는 전혀 들지 않는 멀쩡한 상태지만 어딘가 기분이 몽롱해져 온다.

좋은데.

런던에서의 마지막 밤이 저물고 있다.

··· 4장 ···

로마의 휴일

그 무엇에도 구애받지 않던 내 런던 여행의 마지막은 새벽까지 이어진 술자리로 끝이 났다. 프랑스 파리로 날아가는 비행기에서 나는 잠만 잤고, 숙소에서도 푹 휴식을 취했다.

프랑스에서의 여행의 목표는, 미식 탐방.

개선문을 구경하고, 세계 모든 관광객이 그러하듯 에펠탑을 배경으로 사진을 찍었다.

식당에서는 전채 요리로 연어 테린을 먹었다. 손바닥만 한 커다란 연어 훈제구이를 칼과 포크로 썰어, 요거트 크림치즈 등에 찍어 먹는 음식. 캐비어를 빵에 찍어 먹기도 하고, 메인으로 나온 스테이크는 입에서 녹을 정도였다.

파리 구석구석을 돌아다니며, 거리 미술가에게 내 캐리커처를 부탁하기도 했고.

"너무 마음에 들어요."

캐리커처는 내 프로필 사진이 되었다.

밤에는 샹젤리제 거리를 걸었고, 즉흥적으로 인테리어가 마음에 드는 와인 바에 앉아 와인을 마셨다.

나는 파리가 주는 아름다움에 흠뻑 취해 있었지만, 역시 내 입맛에는 소주가 맞다. 부글부글 라면 사리가 들어간 돼지고기 김치찌개에 시원한 소주가 생각나는 밤이다. 재익이 형에게 말하면, 또 촌스럽다고 놀리겠지만.

런던에서 미처 즐기지 못한 혼자만의 휴식은, TGV를 타고 바젤을 지나 인터라켄에 도착해서도 계속되었다.

스위스 인터라켄.

'호수의 사이'라는 지명의 유래에 어울리는, 호수와 알프스를 품은 아름다운 도시. 눈으로 뒤덮여 있는 알프스가 한눈에 들어오고 케이블카, 그 아래 펼쳐진 절경 같은 호수들, 산과 목장이 함께한 스위스 최대의 휴양지다.

이곳에서 나는, 짧지만 충분한 휴식을 마치고 내 여행의 마지막인, 이탈리아로 향했다.

유럽은 나라 사이를 기차로 운행한다.

삼면이 바다로 둘러싸여 있고, 위는 가로막혀 있는 한국에서는 도무지 상상할 수도 없는 시스템.

스위스 슈피츠에서 내려 이탈레아 밀라노행 기차로 환승했다. 주말이라 표를 구하기가 쉽지 않았다. 그래서 내가 구한 티켓은 4인 테이블에 서로 마주 보고 앉는 좌석이었다.

1등석이라 좌석 간의 간격은 넓었지만, 전체적으로 열차 내부는 사람들로 빼곡한 느낌. 나는 귀에 이어폰을 꽂은 채, 내 좌석 번호를 확인하고 객실로 들어섰다.

4인석에 이미 3명이 앉아 있었다. 다부진 체격의 남자 두 명과, 스위스의 설산을 닮은 눈부신 백 금발에 까만 선글라스를 낀 여자 한 명. 어울릴 듯, 어울리지 않는 조합이다.

"저, 실례합니다."

내 등장에 통로 쪽에 앉아 있던 남자가 자리에서 일어나며 비켜주었고, 나는 창가 자리에 앉을 수 있었다.

"감사합니다."

나는 이어폰을 빼고 눈인사를 건네며 웃어 보였다.

하지만 반응은 묵묵부답.

나는 말없이 창가 쪽에 앉았고, 백금발의 여자는 내 맞은편에 앉았다. 그리고 남자 둘은 마치 우리를 감싸듯 통로 쪽에 자리했다.

"……"

이제껏 기차 여행을 하며 마주했던 인연들과는 이런저런 이야기를 나누기도 했는데, 선뜻 말을 걸기 힘든 위압감을 풍기고 있었다. 남자들은 정장만 입지 않았지, 머리부터 발끝까지 어두컴컴한 색의 점퍼와 바지를 입고 있었고, 여자는 하늘하늘거리는 원피스 위에 하얀 패딩 점퍼를 걸치고 주머니에 손을 찔러 넣고 있었다.

음, 이런 그림을 어디서 보았더라.

아! 생각났다. 마치, 공주님을 호위하는 경호원이랄까?

영화에서 본 것 같은 장면이다.

"……."

여자는 키는 160㎝가 될까 싶을 정도로 작은 체구지만 주머니에 손을 꽂아 넣은 채 다리를 꼬아 다리를 까딱, 까딱. 그녀는 내 등장부터 나를 계속해서 쳐다보고 있었다.

정체가 뭘까?

나는, 이내 상상을 포기하고 창가로 고개를 돌렸다.

이어폰에서는 Billy Crudup의 Sing Along이 잔잔히 흘러나오고, 창밖에서는 스위스가 마치, 짧은 필름영화 돌아가듯 사라지고 있었다.

몇 시간 후면 맞이하게 될 이탈리아. 그 속에서의 여정을 속으로 상상하며 나는 조용히 눈을 감으려고 했는데.

"……."

눈이 떠졌다, 바로 지척에서 느껴진 인기척 때문에.

내 맞은편에 앉아 있는 여자는, 선글라스를 끼고 나를 빤히 쳐다보고 있었다. 그녀의 손에는 휴대전화가 들려 있었고. 휴대전화를 앞에 가져다 대고 있었다.

나는 조금 놀라 몸을 뒤로 젖혔다.

뭐야?

휴대전화에서는 '내' 동영상이 재생되고 있었다. 런던 트라팔가 뮤지컬 버스킹.

그리고 여자는 쓰고 있던 선글라스를 슬쩍 내리며 말했다.

"도재희, 맞죠?"

그녀의 눈동자는 스위스의 브리엔츠 호수를 닮은 영롱한 푸른색이었고.

"동영상에 이 남자."

유럽에서는 좀처럼 들어보지 못한, 아주 유창한 미국식 영어 발음이었다.

"재희 유튜브 동영상……. 지금 조회 수 몇이지?"

"지금요? 어디 보자, 게시된 지 일주일 지났는데 880만 넘었네요. 와……. 빠르다."

런던 트라팔가에서 즉흥적으로 버스킹 무대에 오른 한국

배우의 뮤지컬 동영상은 뒤늦게 불타올랐다.

동영상 게시자가 스트리밍 활동을 하지 않던 일반인. 또 동영상이 휴대폰으로 촬영한 조악한 영상이라는 점은, 대중들에게 주목받지 못한 채 그대로 묻히는 듯 보였으나 '도재희'라는 이름값이 주는 영향력은 상황을 반전시켰다.

런던의 한인들과 뮤지컬 배우들 사이에서 SNS를 통해 차츰차츰 리트윗되더니, 이틀 뒤에는 상승기류를 타버렸다. 그리고 지금은 주간 베스트 순위권에 오르며 한국 포털 사이트 실시간 검색어 끝자락에도 이름이 오르내릴 정도였다.

L&K에게 그 소식이 들어간 것은, 당연한 일.

"뭐? 880만?"

비단 한국뿐만 아니라, 세계적으로도 조금씩 이름을 알린 동영상이 되어버린 '트라팔가 버스킹'.

L&K 매니지먼트 1팀 사무실. 박찬익 팀장은 동영상을 직접 확인하며 황당하다는 듯 허허, 웃음 지었다.

"재익아, 너 이 바닥에 몇 년 있었지?"

"10년 좀 안 됐죠."

"이런 경우 본 적 있냐?"

"어떤 경우요? 외국 나가서 구설에 오르내리는 거요? 아니면, 오히려 일거리 물어오는 거요?"

"당연히 후자지. 이게 구설수야? 이만큼 건전하게 해외여행하는 애가 이 바닥에 얼마나 있다고 그래? 잠깐, 건전한 게 아니지. 영특한 건가? 흐흐."

대게 해외에서 출발한 SNS 소식들은, 잠시 반짝하고, 마는 경우가 많다.

누구를 미국에서 우연히 만났는데, 사진도 찍어주고 착하더라. 라는 '썰' 정도. 그마저도 이미지 메이킹을 위해 기자들과 동행하는 경우도 있으니 신뢰하기 힘든 이야기들이다.

대다수 배우의 해외여행은 극비고, 알려지는 경우는 사고를 쳐서 스포츠 신문 1면에 오르는 경우가 다수.

오히려, 화제를 일으키며 '일거리'를 물어오고, 이미지에도 도움이 되는 이런 경우는.

"당연히 처음 봤죠."

황재익이 씨익, 웃음 지었다.

"허, 참. 될 놈은 된다더니, 이제는 길거리에서 노래만 불렀는데도 이렇게 뜨는구나."

박찬익 팀장이 휴대폰을 주머니에 집어넣으며 말했다.

"근데 재희, 원래 노래도 했나?"

"아뇨."

"그치? 아니지? 근데 왜 뮤지컬 컴퍼니에서 연락이 와? 솔직히 뮤지컬 배우에 비해 가창력은 많이 부족하잖아."

"아무래도 티켓 때문에 그렇겠죠. 재희면 홍보에 어마어마하게 도움이 될 테니까."

"알지, 아는데. 이 정도로는 턱도 없을 텐데? 노래라는 게 당장 배운다고 느는 것도 아니고."

맞는 말이다. 일반인치고 노래를 잘하긴 했지만, 프로의 벽은 높기만 하니까. 이만큼 노래하는 사람은 넘쳐난다.

"그렇긴 한데……. 저는 '도재희' 이름이랑 연기력이면 커버 가능하다고 보긴 하거든요……? 근데 신경 쓰지 마세요. 어차피, 재희가 안 해요."

어차피, 답은 정해져 있는 문제였다.

"재희가 이제부터 영화만 하겠다고 말했잖아요. 그리고 자기가 확실하게 보일 수 있는 '무기'가 연기인데, 춤이랑 노래가 주력인 뮤지컬을 한다? 에이, 제가 재희랑 벌써 2년 넘었잖아요. 잘 아는데 안 해요. 안 해."

"그렇지? 한창 날아오르는 시기에 뮤지컬은 좀……."

어차피, 도재희 스스로도 뮤지컬을 하지는 않을 것이다. 커리어에 황금기를 맞는 이 순간에, 굳이 자신의 역량을 100% 발휘할 수 없는 무대에 설 이유는 없으니까.

하지만, 이번에 한 가지 확실한 '무기'는 얻었다. 기술적인 방향으로서의 '보컬'이 아니라, 감성적으로 접근한 '음악'은, 제법 근사하게 소화해 낼 수 있음을 알았으니까.

"뮤지컬 말고……."

다른 '방향'이라면 몰라도.

박찬익 팀장의 입꼬리가 올라갔다.

"음악 영화라면 모를까."

"에?"

유튜브 주간 핫이슈에 오른 내 동영상. 조회 수 880만.

알고 있다. 이게 무슨 일이냐고 줄기차게 회사에서 연락을 받았으니까.

하지만 프랑스와 스위스를 오가면서, 나를 알아본 사람은 아무도 없었다. 세상은 넓고, 사건도 많으니까.

"……"

그런데 우연히 열차에서 만난 나를 한눈에 알아본 사람.

도대체, 누구냐 넌.

"누구세요?"

백금발의 여자가 선글라스를 벗으며 힐끔 나를 보았다.

"……"

푸른 눈동자에, 백옥이라는 표현이 무색할 하얀 피부.

160㎝도 되지 않을 듯 작고 왜소한 체격이지만.

그녀의 눈은 말하고 있었다.

'나, 알지?'

그래, 어딘가 범상치 않은 사람이라는 것은 알겠다.

하지만, 누군지는 모르겠다. 정말로……

"저 몰라요?"

"……네."

내가 순순히 고개를 끄덕이자, 여자는 오히려 흥미롭다는 듯 미소 지었다.

"아아?"

마치, '나를 모르는 사람은 오랜만인데?'라고 말하는 듯했지만, 그것도 잠시. 장난스럽게 눈빛을 바꾸며 말했다.

"뭐, 그게 중요한 건 아니고."

"……"

아, 그러세요. 난 당신이 누군지가 더 중요한데.

"이거, 당신 맞죠?"

그녀가 휴대폰을 흔들었다. 여전히 휴대폰에는 내 영상이 흘러나오고 있었다.

내가 조용히 고개를 끄덕이자, 그녀는 눈을 가늘게 뜨며 배시시 웃어 보였다.

"신기하네요. 이런 곳에서 다 만나고."

차갑게 느껴지던 벽이 단번에 허물어지는 느낌이다.

"우연히 영상을 보게 되었어요. 노래를 듣고 목소리가 참 좋다고 생각해서 구글에 검색해 봤는데, 한국 배우? 거기다 이런 곳에서 이렇게 마주칠 줄은……."

하지만, 나는 누군지 알아야겠다고.

"누구세요?"

내 질문에 그녀가 나를 잠시 바라보았다. 그리고 약간의 침묵이 흘렀다. 그녀는 입을 꾹 다물더니, 곧이어 자신의 주머니에서 이어폰을 꺼내어 아이팟에 꽂은 뒤 내게 건넸다.

들으라는 건가?

조심스럽게 받아든 이어폰을 귀에 꽂아 넣었다. 아주 익숙한 멜로디가 귀를 간질거린다.

엘라니 오코너의 'My Home'.

나도 알고 있는 노래다. 영화 〈인턴의 하루〉의 OST로 유명한 노래로, 팝을 알지 못하는 사람들도 한 번쯤 들어봤을 만큼, 세계적으로 유명한 노래니까.

근데, 이게 어쨌다는 거지?

"My Home이네요."

내 말에 그녀가 안도의 한숨을 내쉬며 말했다.

"휴, 다행이다. 노래는 들어봤나 보네요. 못 들어봤으면 어쩌나 했네."

"그럼요. 이게 얼마나 유명한……. 어?"

내가 설마 하는 눈으로 그녀를 바라보자 그녀가 풉! 웃음을 터뜨렸다.

"네. 맞아요. 제가 그 노래를 불렀어요."

아, 이런.

엘라니 오코너(Ellani O'connor).

자신만의 보컬 색이 뚜렷한 팝 아티스트. 뉴질랜드계 미국인으로 '아메리칸 드림'을 실현한 차세대 팝의 여왕.

16세에 데뷔하고 18세에 그래미 팝 어워드에서 솔로 팝 아티스트 상을 받은 천재 싱어송라이터로도 유명하다.

하지만, 그것도 벌써 10년 전 이야기. 벌써, 20대 후반에 가까워진 그녀가 내게 말했다.

"못 알아봐서 조금 민망했다고요."

"미안합니다."

알아보지 못한 것은 죄가 아니지만. 엘라니에게 다분히 경계심을 드러냈으니 내가 먼저 사과했다.

하지만 엘라니는 얼굴보다 목소리가 더 유명한 가수라고.

내가 입술을 삐죽이자 엘라니가 장난스럽게 말했다.

"후후, 농담이에요. 제가 너무 짓궂었나요."

엘라니도 내가 누군지 확실하게 알고 나자, 처음의 그 차갑게만 느껴지던 분위기가 묘하게 풀어졌다. 나는 **빳빳하게** 굳어 있던 어깨의 긴장을 풀어냈다.

그제야 궁금증이 밀려온다.

엘라니 오코너라니. 이런 거물이 왜 여기 있는 걸까?

"여행 중이신가 봐요?"

내 질문에 그녀는 간단하게 대답했다.

"스케줄이요."

"네?"

스케줄? 스위스에서 이탈리아로 넘어가는 환승 기차를, 스케줄 때문에 탔다고?

거짓말! LA에서 출발한 퍼스트 클래스가 아니라?

내 표정을 본 엘라니는 웃으며 말했다.

"휴식을 취하려고 했는데, 스케줄이 생겼다고나 할까요?"

내용을 들어보니, 스위스에 있는 본인 별장에서 아주 짧은 휴식을 취하려는 찰나. 이탈리아 밀라노의 유명 명품 패션 브랜드 론칭 행사에 초대받았다고 한다. 패셔니스타로도 유명한 그녀가 가장 애용하는 브랜드는 국내에서도 잘 알려진 AereMang.

글로벌 스타는 뭐가 달라도 다른 걸까.

"대단하네요."

하지만 엘라니는 내 말에 고개를 가로저었다.

"전혀요."

그리고 다분히 귀찮은 기색을 드러냈다.

"가수가 노래만 하면 되지."

그리고 경호원 아저씨 둘을 힐끔거리고는 내게 말했다.

"무슨 말인지 알죠?"

"……."

알 것 같다, 잘은 모르지만 대충.

아마, 그녀에게는 '휴식'이 필요한 것이 아닐까.

안전을 위해 경호원이 따라붙고, 개인 별장에서 휴식을 취하다, '음악'이 아닌 다른 '귀찮은' 다른 일로 밀라노로 '압송' 당하는 저 기분을 나는 아주 조금은 이해할 수 있다.

유명 아이돌그룹만 하더라도, 스케줄이 '분' 단위로 잡혀 있는데, 엘라니 오코너 같은 세계적인 팝 스타는 어떨까.

미녀, 천재, 패셔니스타, 차세대 팝의 퀸.

모든 수식어를 달고 다니는 그녀는, 가수로서의 커리어는 절정을 맞이했지만, 모르긴 몰라도 자기 인생에 대해서는 불만이 많을지도 모른다. 적어도, 지금은 그렇게 보인다.

"재희는 여행 중인가요?"

나는 순순히 고개를 끄덕였다.

"네."

이후에는 내 여행 이야기가 주를 이뤘다. 2시간 조금 넘어가는 짧은 기차 여행 동안, 런던과 프랑스, 스위스를 오간 내 여행기는 최고의 안주가 되었다.

"와, 아무도 못 알아봤다고요? 정말?"

"그럼요. 완벽한 혼자만의 여행이었죠."

"오 마이 갓! 말도 안 돼. 선댄스가 낳은 최고의 스타를 못 알아보다니? 으아! 너무했네! 정말."

"하하! 덕분에 저는 아주 재밌는 여행을 하고 있어요. 지금처럼 신기한 인연도 만나고."

내 말에, 엘라니가 조금 씁쓸하게 웃었다.

"앞으로도 쭉 혼자 여행하는 건가요?"

"네. 로마로 갈 예정이에요."

"얼마나요?"

"사흘 정도."

그리고 잠시 침묵.

"……재희가 부럽네요."

엘라니가 눈을 게슴츠레하게 뜨며 미소 지었다.

"……."

대수롭지 않게 넘길 수도 있는 말이다.

그녀 같은 사람이 내가 뭐가 부럽겠는가. 이미 누릴 수 있는 '성공'이라는 성공은 다 누려본 여자인데 말이야.

하지만, 왜 그녀의 말이 정말 '진심'으로 느껴질까.

아메리칸 드림은 이루었지만, 10대부터 유리 온실 속에서 자라온 작은 카나리아. 그녀가 가장 간절히 바라는 것은, 노래하는 인형이 아니라 '자기 인생'이 아닐까.

그녀는, 아름답지만 슬픈 눈을 하고 있었다.

"제기랄, 이럴 때 론칭이라니. 퍽킹 Arermang!"

"⋯⋯."

퍽킹이라니⋯⋯. 슬픈 눈이라는 말은, 정정.

어쨌든 뭐. 딱, 여기까지다.

2시간여의 짧은 열차 안에서 정말 우연히 마주한 인연.

엘라니는 경호원 두 명과 함께 밀라노에서 빡빡한 스케줄을 소화해야 하고. 나는 로마행 열차로 환승 예정이다.

"그럼, 즐거웠어요."

"재희 즐거운 여행 되세요."

이렇게 인사하고 나면, 아마 다시 볼 일은 없겠지.

나는 캐리어를 끌며 등을 돌렸다. 그리고 이십 분 정도 대기한 뒤, 로마행 기차에 몸을 실었다.

좌석은 비교적 한산했다. 편안하고 조용한 열차 의자에 몸을 기대어 조금 전의 일을 떠올렸다.

"⋯⋯엘라니 오코너라니."

믿기지도 않는다.

그런데 그때, 더 믿기지 않는 일이 벌어졌다. 나는 잘못 본 것인가 싶어 눈을 비비며 몸을 벌떡 일으켰다.

"엘라니?"

엘라니 오코너, 그녀가 커다란 선글라스를 쓰고, 하얀 패딩으로 얼굴을 가린 채 열차 내부로 들어서고 있었다.

고개를 두리번거리고 있었는데, 이내 나를 발견하더니 씨익! 내 맞은편에 앉았다.

"여긴 어떻게 왔어요?"

내가 물었다.

"후, 여행 친구나 할까요?"

여행 친구라니, 갑자기 무슨.

"스케줄은요?"

내 질문에 엘라니가 인상을 찡그리며 말했다.

"답답한 질문이네요. 도망쳤어요. 귀찮아서."

"네?"

뭐, 이런 무책임한…….

"괜찮아요. 참석하는 사람들 많아서. 어차피 저 하나 빠진다고 티도 안 날 걸요?"

엘라니는 그런 것 따윈 이제 관심도 없다는 듯, 개운하다는 표정을 지으며 팔을 위로 쭉 뻗었다.

"으아, 신난다!"

"……."

창밖에는 이리저리 뛰고 있는 경호원 아저씨들이 눈에 들어왔고.

끼이이이이익!

열차는 정오 정각에 맞춰 출발했다.

엘라니는 신난다는 듯, 활짝 웃으며 말했다.

"절대 귀찮게 안 할게요."

"……."

"로마 가봤어요? 제가 안내 제대로 해줄게요."

엘라니 오코너.

그녀가, 영화 〈로마의 휴일〉의 도망친 왕녀 마냥, 내 앞으로 달려왔다.

그리고 나는.

"……모자라도 쓸래요?"

내 모자를 그녀 머리 위에 얹어주었다.

여행이 즐거운 이유는 예측하지 못한 새로운 무언가를 발견하기 때문이 아닐까.

내 여행의 막바지 두 가지, 새로운 '무언가'를 발견했다.

하나는 엘리나 오코너.

또 다른 하나는, 머나먼 땅에서 들려온 한국 소식.

〈양치기 청년〉.

총 제작비 1억 5천만 원. 손익분기점 대략 8, 9만 명.

홍보도 제대로 되지 않는 독립영화가 극장에 개봉하면 손익분기점의 20%도 넘기지 못하는 경우가 허다하다. 독립영화는 일반 대중들에게 관심이 집중되는 장르가 아니니까.

그 영화에 출연하는 배우가 아무리 유명하더라도. 해외영화제에서 제아무리 굵직한 상을 타고 귀국하더라도.

'지루할 것 같은데?'
'예술영화잖아.'
'그런 영화가 있었어?'

대다수가 개봉했는지도 모른 채, 영화는 극장에서 내려가고 만다. 물론, 뒤늦게 입소문을 타 VOD와 DVD로 역주행하거나, 극장에 다시 걸리며 재상영되는 경우도 있지만 이는 극소수. 그런데 〈양치기 청년〉은 작지만 또 한 번의 기적을 더 연출했다.

-양치기 청년 손익분기점 돌파! 현재 13만 2천 명! 축하한다. 재희!

로마에 도착하기 직전, 재익이 형으로부터 받은 기분 좋은 문자. 내가 전화를 보며 미소 짓자, 엘라니가 물었다.
"무슨 좋은 일 있어요?"

"음, 있죠."

"뭔데요?"

으음.

"팝 스타 엘라니 오코너가 가장 처음 만든 어딘가 어설픈 곡이, 예상치 못하게 메가 히트를 했다면 어떨까요?"

내 질문에 엘라니가 아리송한 표정을 지었다.

"제 최고 히트곡이 처음 만든 곡인걸요?"

"……."

아, 그랬구나. 천재는 역시 다르구나.

하지만 엘라니는 픕, 하고 웃음을 터뜨리며 이해했다는 듯 고개를 끄덕였다.

"무슨 말인지 이해했어요. 그 영화 말이구나. 선댄스."

"네, 맞아요."

"잘 되었나 보네요?"

13만 2천 명. 상업 영화에게는 초라한 숫자일 수는 있지만, 독립영화계에서는 유례를 찾기 힘든 스코어. 내가 그 어느 때보다 기쁜 이유는, 단순히 러닝 개런티로 계약을 맺은 영화가 손익분기점을 넘겨서가 아니다.

〈양치기 청년〉은 내 마음속의 '집'과도 같은 영화다. 조금 덜 익었을 무렵 찍었지만, 가장 늦게까지 활활 타오르고 있는 영화. 내 선택이 옳았다는 확신을 느끼게 해주는 영화.

이 영화는 빠르게 '입소문'을 타 대중들이 상영하는 극장을 찾아가서 보도록 만들고 있다. 게다가 아직, 스코어는 현재 진행형이다.

"축하해요, 재희."

기쁨은 나누면 두 배로 기쁘다고 했던가.

"고마워요, 엘라니."

갑작스레 생긴 내 여행 메이트.

엘라니가 스케줄을 피해 도망친 선택이 옳은지 나쁜지에 대해서는 내가 왈가왈부할 필요가 없다. 그녀의 선택에 대한 책임은, 그녀가 지는 것이니까.

그냥, 가볍게 생각하자. 로마를 잘 아는, 좋은 여행 친구가 생겼다고.

"후후, 그럴 일은 없겠지만, 만약 로마에서 파파라치가 붙으면 나를 믿고 카메라를 부숴버려요."

"……에?"

"아니면, 셔터가 터지기 전에 파파라치 턱에 주먹을 꽂아버리던가."

"……."

아니, 파파라치라고?

이러면 더 이상 좋은 여행 친구가 아니잖아.

엘라니가 헤벌쭉 웃으며 말했다.

"근데 없을 거예요. 보통 공항 주변에 숨어 있으니까. 그리고 이런 쪽은 제가 전문이기도 하고요."

"……"

아, 그러세요.

어느새 고속열차는 세 시간 만에 고속 이탈리아 서부를 관통해 로마 테르미니 역에 도착했다.

로마. 내 여행의 종착지. 지난 20일간의 여정의 끝.

열차에서 내리자마자, 발칸반도에서 불어오는 찬 바람이 패딩 속을 헤집는다. 패딩 점퍼를 끝까지 올렸다.

그사이, 엘라니가 내 짐을 거들어주겠다며 반대쪽 캐리어 손잡이를 잡았다.

"괜찮아요."

"에이, 도와줄게요."

"……"

그래 봐야 티도 안 난다고요.

엘라니가 내게 물었다.

"근데, 숙소는 있어요?"

나는 어깨를 으쓱이며 답했다.

"그럼요. 오늘 묵을 숙소는 예약해 뒀죠."

"저는 없어요."

"……."

알아요. 도망쳤잖아.

"지갑은 있어요. 걱정 마요."

엘라니는 새하얀 패딩 주머니에서 지갑을 꺼내 흔들어 보이며 말했다. 그러곤 헤벌쭉 웃으며 양팔을 위로 쭉 뻗었다.

"신난다!"

"……."

편해지면 한없이 편해지는 스타일인가? 아니면 원래 천성이 낙천적인 거야?

"그렇게 하면 사람들이 다 쳐다보잖아요."

어느 쪽인지는 몰라도 양쪽 다 말리고 싶다고.

테르미니 역에서 나보나 광장까지 택시로 이동했다. 다행히 엘라니가 묵을 1인실도 아슬아슬하게 예약할 수 있었다.

어둑어둑한 광장을 황홀하게 비추는 가로등. 주황빛 세상으로 물든 조용한 나보나 광장을 가로질러 숙소 앞에 섰다.

C-Rough Hotel.

역사적인 건축물의 내부만 개조해 만든 5성급 호텔.

"식사해야죠?"

"그래야죠."

"짐만 풀고 나와요. 아주 근사한 식당을 알고 있으니까."

호텔은 전체적으로 화이트&베이지. 로마를 닮은 빈티지 하면서도 세련된 감각을 살렸다. 우드로 마감된 천장과 부드러운 목재 바닥은 따뜻한 느낌을 배로 만든다.

나는 간단하게 짐을 풀고, 윗옷을 갈아입고 패딩 대신 코트를 걸치고 1층 로비로 나왔다. 벨벳 소재의 푹신한 소파에 앉아, 테이블에 올려진 여행 책자를 휘적휘적 넘겼다.

그러자.

"일찍 나왔네요."

어느새 푹 눌러쓴 모자에, 마스크. 내가 빌려준 장갑에 목도리까지. 완벽하게 얼굴을 가린 엘라니 오코너가 두 팔을 벌리고 서 있었다.

"괜찮아요?"

161㎝로 키는 작지만, 명품 브랜드에서 모델로 쓰고 싶어 난리라는 이유를 알겠다.

이렇게 아무것도 꾸미지 않아도, 스스로 빛을 뿜어낸다.

"뭐."

내가 어물쩍 대답을 회피하며 자리에서 일어났다.

그러자 엘라니가 내 코트 옷깃을 잡아끌었다.

"가요."

서늘한 바람이 불어오는 바티칸의 밤거리. 나보나 광장의 가로등 아래에는, 돌담에 앉아 기타를 든 뮤지션들이 보였다.

그들은 신기하게도 〈My Home〉을 부르고 있었다.

엘라니 오코너의 얼굴은 몰라도. 그녀의 음악은, 세상 사람들이 다 안다고 해도 과언이 아니다. 엘라니는 가던 길을 잠시 멈춰 서서 자신의 노래를 부르는 이들을 바라보았다.

하나뿐인 관객.

얼굴을 죄 감싼 이 여자가, 엘라니 오코너라는 사실을 알면 이 뮤지션들의 반응은 어떨까. 하지만, 영원히 모르겠지.

"와아"

엘라니는 노래가 끝나자 물개같이 손뼉을 치고는 기타 케이스에 지폐를 놓고는 말했다.

"이제 가죠."

11월은 로마에서 비가 가장 자주 오는 날이다.

후두두두둑.

갑작스럽게 쏟아진 빗방울에 나는 이렇다 할 거리 분위기를 느끼지도 못한 채, 엘라니의 손에 이끌려 빠르게 걸음을 재촉했다.

De Francesco.

11월의 빗방울을 막아 줄, 엘라니가 선택한 식당으로 들어선 우리는 머리에 묻은 물기를 털어내고 자리에 앉았다.

모자와 마스크를 벗어도 얼굴이 보이지 않을 구석 자리에 엘라니가 등을 돌리고 앉았다.

하우스 레드 와인 두 잔과, 문어 카르파치오, 트러플 파스타에 화덕피자까지. 하루 종일 기차 여행으로 쌓인 피로를 음식으로 씻어내듯 음식을 잔뜩 밀어 넣었다.

와, 여기 음식은 진짜다.

"어때요?"

엘라니는 양 볼 가득 음식을 밀어 넣으며 물어왔고 내가 희미하게 고개를 끄덕이자, 자신도 배시시 웃음을 터뜨린다.

"역시, 맛있다니까."

배가 부르자, 새삼스럽게 이 상황이 기이하게 느껴진다.

엘라니 오코너와 여행이라니, 버스킹도 즉흥이더니, 여행도 즉흥이다.

"재희, 내일은 어딜 갈 예정이에요?"

"글쎄요. 바티칸도 둘러볼 곳이 많다고 하던데."

"여기는 밤에 봐야 멋져요. 식사 마치고 바로 가요."

오늘?

피곤해서 바로 자려고 했지만, 눈을 빛내며 말하는 엘라니의 표정에 나는 고개를 끄덕였다.

"좋아요."

"낮에는 역시, 스페인 광장에 가야겠죠? 꼭 가보세요."

스페인 광장이라니. 본격적인 〈로마의 휴일〉이군.

"당연히 가야죠."

영화 〈로마의 휴일〉에서 조와 앤이 우연히 마주하듯 우연이라는 끈이 만들어낸 엘라니와의 동반 여행.

내가 물었다.

"근데, 정말 괜찮아요?"

"뭐가요?"

"휴대폰도 꺼놨잖아요. 다들 엄청 걱정할 텐데."

"괜찮아요. 다음 스케줄 맞춰 돌아가기만 하면 돼요."

"다음 스케줄은 뭔데요?"

"LA에서 OST 컨셉 미팅인데……. 제가 총괄 아티스트를 맡았거든요."

천재 싱어 송 라이터가 만드는 영화 음악이라…….

그거, 근사한데.

"이거, 비밀이에요."

입술에서 바람이 새어 나왔다.

"푸! 물론이죠."

엘라니가 손가락을 튕기며 말했다.

"엄연히 따지자면, 지금도 일하는 중이라고요. 음……. 악상을 떠올리는 거죠."

"레드 와인에 트러플 파스타를 먹으면서?"

"정확해요."

"푸흡."

그거, 좋은 핑계인데.

식사를 마친 우리는 다시 옷을 꽁꽁 싸매고 밖으로 나왔다. 비는 그새 그쳤지만, 한 차례 쏟아진 폭우에 광장에 있던 인파는 반으로 줄어든 상태였다.

"더 좋지 뭐."

움직임에 비교적 '자유'가 생긴 엘라니가 앞장서 걸었고, 나는 그 뒤를 따라 걸었다.

찰박찰박.

바닥에 고인 빗물이 기분이 좋다.

우리는 야경이 더 아름다운 천사의 다리를 지나 테베레 강이 받치고 있는 천사의 성을 구경했다.

마치 동화 속에 있는 것 같은, 아니, 〈로마의 휴일〉 속에 들어와 있는 듯, 아름다운 야경이 내 육감을 자극한다.

이어진 바티칸 광장까지 우리는 아무 말 없이 걸었다.

하지만 이따금 눈이 마주칠 때마다, 누가 먼저랄 것도 없이 웃음을 터뜨렸다.

"푸흡."

"이제 그만 돌아갈까요."

"좋아요."

너무나 많은 일이 있었던 로마 여행 첫날.

"즐거웠어요."

"푹 자요. 피곤할 텐데."

바티칸의 야경을 눈에 품고 내가 숙소로 등을 돌리려는 찰나, 엘라니가 나를 불렀다.

"재희."

"네?"

"음악, 좋아해요?"

나는 별다른 고민 없이 고개를 끄덕였다.

"그럼요."

노래에는 재능이 없지만, 테크닉이 아니라, '진심'이 통한다는 것은 이번 런던 여행을 통해 느꼈다.

그러자, 엘라니는 입꼬리를 아주 천천히 올리며 말했다.

"……그래요?"

그리고 내게 인사를 남겼다.

"또 봐요."

"……."

또 봐요? 보통, '내일 봐요'라고 인사하지 않나?

그래. 나는 이때부터 이미 이 '우연'의 결말을 예상했는지도 모른다.

아, 밀라노로 돌아가려는 모양이구나.

하지만 나는 내색하지 않았다.

"잘 자요."

아무렇지 않게 웃었을 뿐이다. 그리고 다음 날 아침, 프런트에 맡겨진 내 장갑과 목도리, 모자와 한 통의 쪽지. 모두 엘라니가 내게 남긴 물건들이었다.

조금 예상했던 터라, 나는 넘넘하게 쪽지를 열었다.

또 봐요. 트라팔가에서 불렀던 노래를 직접 들어보고 싶어졌으니까.

스케줄 때문에 밀라노로 돌아간다는 내용이 담겨 있었다.

말은 그렇게 당돌하게 했지만, 하루짜리 '짧은 일탈'이었던 모양이다.

그런데, 이 우연의 끝은 새로운 '인연'을 암시하고 있다.

'노래를 직접 들어보고 싶어졌으니까.'

내 노래를 들어보고 싶다고? 어떤 방법으로?

그때, 머릿속을 스쳐 지나가는 어젯밤 De Francesco에서 나누었던 대화.

"……."

에이, 그럴 리가.

나는 쪽지를 주머니에 찔러 넣으며 조용히 중얼거렸다.

"음악 영화라……."

··· • 5장 • ···

낯선 인연이 불러온
선물

자신이 쓰게 될 곡에 대한 아티스트의 자부심. 아무에게나 자신의 곡을 주고 싶지 않은 엘라니 오코너의 고집은 꽤나 진지했다.

'다시 들어보고 싶어.'

도재희가 노래를 부른 그 짧은 순간에, 말로 쉽게 형용할 수 없는 힘이 자신의 시선을 훔쳤으니까.

그런데, 열차에서 우연히 마주했다.

우연이라고 단순히 치부하기엔, 너무 극적인 순간.

우연이 '인연'으로 바뀌던 순간.

그렇기에 무작정 로마로 동행했다.

-내일 아침까지는 돌아올게요.

문자 하나만 남기고.

좋은 '자극'이 될 것 같았다. 지지부진하게 막히던 곡 작업이 생각지도 못한 곳에서 소용돌이치며 '영감'이 되어 스쳐 지나갔다.

그리고 그 결과가 지금. 다시 만나고 싶다는 '확신'.

로마발, 밀라노행 마지막 열차에 몸을 실으면서 엘라니 오코너는 계속 힐끔힐끔 뒤를 돌아보았다.

"······."

이상하다. 왜, 아쉬운 걸까.

입은 마스크로 가리고 있지만 눈가의 미소까지 숨기지 못했다.

'으음'

좋은 곡이 나올 것 같은 예감이 들었다.

또 하나 더. 그에게 아주 잘 어울릴 것 같다는 생각도.

음악 영화. 그래, 다 좋다.

하지만 동양인이 주인공인 미국식 음악 영화는 들어본 적도 없다.

한인 타운에 사는 촌스러운 옷을 입고 아코디언이나 부는 캐릭터가 머릿속에 스쳤고. 나는 고개를 내저으며 상념을 떨쳐냈다.

'일 생각은 하지 말자.'

나는, 아주 찰나의 꿈처럼 지나간 엘라니 오코너와의 하루를 머릿속에서 지워내며, 로마의 마지막을 즐겼다.

바티칸의 새로운 아침을. 스페인 광장에서는 정오의 브런치를. 트레비 분수에서는 느지막한 저녁을.

그리고 지금.

"즐거운 여행 되셨습니까?"

레오나르도 다빈치 공항에서, 20일가량의 짧지만 길었던 내 여행의 종지부를 찍었다.

"아주, 좋았어요."

-시간 맞춰서 공항에 나가 있을게.

비행기 도착 시간에 맞춰 기다리겠다는 재익이 형의 문자와 회사에서 업그레이드시켜 보내준, 퍼스트 클래스 티켓.

완벽하다.

나는 길게 늘어선 탑승 줄을 프리패스 하고 브릿지를 통과했다. 이코노미와는 전혀 다른 좌석 구조에 나는 잠시 머뭇거렸지만.

"안내 도와드리겠습니다."

능숙한 승무원의 안내에 나는 조용히 따라 걸었다. 'ㄷ' 자 모양의 널찍한 객실 구조. 객실 의자 옆에 딸린 개인 침대. 승무원이 침구류를 깔아주고, 음식은 그 어느 레스토랑 부럽지 않은 만찬이 나온다.

"편안히 모시겠습니다."

부조종사가 퍼스트 클래스 승객들에게 하나하나 인사하기까지 했다.

우와, 정말 괜히 퍼스트 클래스가 하늘 위에 떠 있는 호텔이라고 괜히 하는 말이 아니구나. 역시 돈도 써본 사람이 잘 쓴다고, 가끔 이런 것도 경험하는 것도 좋구나.

하지만 이 모든 것 중 가장 반가웠던 점은.

"더 필요한 것은 없으십니까?"

런던 이후에 들을 일이 없었던, 오랜만에 듣는 한국어.

나는 승무원을 향해 미소 지었다.

"괜찮습니다."

방긋.

승무원이 사라지고 나는 창밖으로 시선을 던졌다.

흘러가는 구름을 쫓아 한국으로 돌아가는 길. 퍼스트 클래스도, 생각보다 비행기 소음이 심하구나.

나는 귀에 이어폰을 꼈다.

그리고 엘라니 오코너의 〈My Home〉이 흘러나왔다.

Take me home.(집으로 데려가요.)

Now get back to normal.(일상으로 돌아가요.)

눈을 감으니, 지난 여행이 찬찬히 흘러간다.

약간의 호기심과 음악의 천사들에게 취해 섰던 짧은 버스킹 무대, 파리와 스위스에서의 휴식들. 엘라니 오코너와의 짧지만 강렬했던 인연.

창밖의 구름들과 비행기의 소음. 감미로운 엘라니 오코너의 목소리가 한데 어우러졌고 이내 누군가 내 인생에 BGM이라도 튼 것 같은 감성적인 기분으로 변했다.

음악과 현실이 만나 기분이 둥둥 떠오른다.

이 순간의 OST.

하지만, 잊지 말아야 할 것 한 가지.

인생에는 배경음악이 깔리지 않는다.

그래. 인생에는 음악이 깔리지 않고, 내 인생을 극대화 시켜 줄 그 어떤 장치도 없다.

나는 지난 20여 일간의 환상적인 여행에 잠시 취해 있었지만, 귀에서 이어폰을 빼내는 지금 이 순간.

언제나 똑같은 '현실'을 마주한다.

12시간을 넘어가는 기나긴 비행의 끝.

기내를 빠져나오자마자, 게이트 앞에 서 있던 재익이 형은 한눈에 나를 알아보고는 나를 끌어안았다.

"이야! 재희!"

"억, 숨 막혀요. 잘 지내셨죠?"

"그럼! 어디 다친 데는 없지?"

"당연하죠."

"아, 다행이다!"

아무래도 걱정이 이만저만이 아니었던 모양이다. 간단한 안부 인사가 끝나고 재익이 형은 내 캐리어를 잡아끌더니, 곧바로 회사와 통화를 시작했다.

"네, 지금 만났어요. 일단 픽업해서 오늘은 쉬게 하고. 네네, 시놉시스만 집에 놓고 오려고요."

그리고 내 쪽을 돌아보며, 픽 웃었다.

"얼굴 좋아 보이는데요? 네네. 여자라도 만나고 온 건가? 꽃이 폈어요. 에이, 그걸 묻는다고 말하겠어요? 킄킄. 일단, 며칠은 쉬게 해야죠."

"······."

귀신인가. 그 여자가 그 여자는 아니지만, 어쨌든.

전화를 끊은 뒤, 재익이 형이 나를 보며 말했다.

"피곤하지? 한국 들어오자마자 미안한데, 일 얘기 좀 해야 겠다. 쌓인 게 한두 개가 아냐."

내가 이어폰을 빼고 마주한 현실은 도착과 동시에 쏟아지 는 '일'이다.

우리는 짐을 차에 싣고 뒷좌석에 앉았다. 재익이 형은 조수 석에서 노트 하나를 가지고 오더니, 노트를 점검하며 곧바로 '현황 보고'를 시작했다.

가장 먼저 꺼낸 단어는 '뮤지컬'.

"뮤지컬 들어왔어. 너, 그 런던 유튜브 동영상 때문에······."

여행 중에 젊은 동양인 남자가 즉흥적으로 끼어들었는데 그게 알고 보니 한국의 유명 배우였다.

버스킹이 하나의 문화가 되어버린 요즘, 외국인들과 아티스 트들의 호기심을 꽤 자극하는 듯했다.

동영상이 불러온 태풍은 멈췄으나, 여운은 남아 있다. 여전 히 소폭 조회 수가 상승하며 세계를 떠돌아다니는데, 반응은 아직 뜨겁다.

"원래 뮤지컬에 관심 있었어?"

"아뇨."

"그럼 왜 한 거야?"

"음, 분위기에 취해서?"

"그 덕분에 난리야 지금. 흐흐. 뮤지컬 컴퍼니 몇 곳에서 접촉해 왔는데…… 단순히 분위기 때문이 아냐. 뮤지컬 차세대 스타가 되네, 어쩌네. 어떻게 할까?"

"글쎄요."

나는 고개를 갸웃거렸다.

"노래하는 재미를 알긴 했지만, 뮤지컬은 좀……"

재익이 형은 그럴 줄 알았다는 듯 웃으며.

"기각!"

빨간 줄을 죽 그었다. 뮤지컬은 내 일정에서 사라졌다.

"다음은, 당장 소화해야 할 일정들."

12월에 내가 소화할 일정들은 많다.

"소아암 관련 영화인 후원모임 있고. SAFA 측에서 연말 영화전(展) 여는데 참석해 줄 수 있냐고 하고…… 또 지방에는……"

이런, 하루짜리 영화 관련 행사일정들을 제외하더라도 박진우 연출의 각본도 확인해야 했고, 나를 섭외하기 위해 술자리를 만들려는 감독들도 대기 중이다. 무대만 드라마에서 영화로 바뀌었지, 캐스팅 전쟁은 여전히 진행 중인 셈이다.

"일단 시놉 읽고, 괜찮은 작품들 순으로 미팅하죠."

"오케이, 그건 그렇게 하고……. 다음은 시상식."

시상식. 올 한 해를 마무리하고 내년을 위해 도약할 연말 '정산'이 남았다.

"일단, TV-K 어워드에서는 대상 후보야. 너랑 양익찬 배우랑 뭐 기타 등등 있는데……. 네가 유력해."

벌써부터 후보가 누구네, 떼놓은 당상이네, 같은 얘기들로 시끌시끌하다.

"시상식 전에 확실히 언질이 올 것 같은데, 소문에는 네가 100% 확실하니까 소감 준비하면 되고. 다음은, 대종상!"

〈양치기 청년〉과 〈이선〉 모두가 대종상 후보에 올랐다.

수상은 확실하다. 상을 몇 개 받느냐가 관건일 뿐. 그나저나 12시간을 날아온 직후, 연달아 날아드는 일 얘기에 정신이 하나도 없다.

"일단, 알겠어요."

내가 약간 피곤한 기색을 비치자, 재익이 형이 한 마디 툭 던졌다.

"양치기 청년 47만 넘었다."

이건, 지친 나를 벌떡 일으킬 수 있는 효과만점의 에너지 드링크였다.

"예?"

나는 화들짝 놀라며 눈을 번쩍 떴다.

불과 며칠 전, 13만 명 넘겼다고 좋아했잖아. 그런데 고작 며칠 만에? 어떻게?

"상영관을 대폭 늘렸어. 이거 이제, 역사야 역사."

전국 8개 상영관에서 시작한 영화가, 개봉 20일 만에 상영관이 전국적으로 대폭 늘어났다.

기껏해야 2, 3만. 흥행작은 5만 명 언저리. 10만 명을 넘긴 독립영화는 손에 꼽을 수준에 손익분기점을 넘기지 못해 VOD 판매 수익에 기대야 하는 현실이다. 그런 시장 현실에서 47만이라는 스코어는 살아 있는 전설 그 자체다. 그런데 이 역시 현재 진행형이다.

"총 예상 관객은 이제 짐작하기도 힘들어. 입소문을 계속 타고 있으니까. 반응이 불붙듯 이어져서 극장에도 꽤 오래 걸릴 것 같고."

물론, 290만 관객을 동원한 독립영화의 전설 〈워낭소리〉가 있지만, 박진우 연출은 전무후무한 독립영화의 역사를 만들며 이를 바짝 추격하고 있다.

총 관객은, 어쩌면 300만이 넘을지도 모른다.

"네 이름값 때문이지. 박진우 연출이 머리를 잘 쓴 것도 있고. 작년에 일반 개봉했으면, 이런 성적 안 나왔을 거야."

'서독제'를 통해 영화가 처음 공개되고 지금 극장에 걸리기까지 꼬박 1년이 걸렸다.

그사이, 영화는 세계를 돌아 이름을 알렸고, 나는 드라마와 영화를 넘나들며 국내 팬들에게 입지를 확실히 쌓았다.

감독과 배우가 지난 1년 사이, 괄목할 만한 성과를 올렸기에 가능한 일이다.

게다가.

"이거, 러닝 개런티잖아."

"……."

아, 러닝 개런티로 계약했지.

"이거 수익 계산하면 진짜……. 어후……."

재익이 형은 계산하기를 포기했다는 듯 고개를 절레절레 저었다.

지금 47만 명에, 계속해서 늘어난다면……. 관객 1인당 150원에 계약했으니, 손익분기점을 최대 10만 명으로 잡는다고 치더라도. 대체 얼마야.

모르긴 몰라도 이 기세로 가다가는 〈이선〉의 개런티를 훌쩍 넘을 것이다.

"……."

황금알을 낳는 거위의 배가 갈라지고, 쏟아진 무수히 많은 금은보화. 이것으로 박진우 연출은, 〈양치기 청년〉으로 유례없는 성공을 거두며, 차기작에 대한 엄청난 부담감을 안게 되었다.

이건, 나 역시 크게 다르지 않다. 고민이 깊어진다.

계속해서 오르고 있는 기세를 어떻게 유지하면 좋을까. 어떤 작품을 선택해야, 안정적으로 계속해서 커리어를 끌어올릴 수 있을까.

"좋은 작품 있어요?"

내 질문에 재익이 형이 조수석을 가리키며 말했다.

"이제부터 찾아야지."

조수석 아래 박스에는 가대본이며, 시놉시스가 잔뜩 쌓여 있었다.

"같이 찾아보자."

시놉시스와의 싸움이구나.

"웃차!"

나는 기지개를 쭉 켜며 의자에 몸을 기대 눕고는 눈을 감았다. 잠이 오지는 않았지만, 들뜬 기분을 누르고자 억지로 눈을 감았다. 하지만 번져오는 웃음에 다시 눈을 떴다.

"왜 웃어?"

"음, 이제야 집에 온 것 같아서요."

이렇게 기대 누워 있으니, 이제야 집에 왔다는 포근한 느낌이 든다.

내 'My Home'이 고작, 네발로 굴러가는 밴이었다니.

"그래. 집에 왔으니까 푹 쉬어."

집. 눈을 감자 촛불이 켜지듯 또다시 머릿속에서 음악이 켜진다.

아주 천천히 시동을 거는 재즈의 인트로.

이번에는 어떤 작품이 내 삶에 BGM을 켜줄까.

확실한 것은 머리가 아주 맑아졌다는 것이다.

지금 기분으로는, 그 어떤 작품도 할 수 있을 것 같다.

조금, 색다른 환경이라도.

나는 시놉시스가 들어 있는 상자를 소파 옆에 두고, 하나하나를 찬찬히 꺼내 들었다. 비교적 프리 프로덕션이 명확하게 진행된 작품 시놉시스에는 투자 현황이 간략하게 정리되어 있었다.

'이 영화는 절대 엎어지지 않습니다'라던지. '이러 이러한 타깃을 노리고, 트렌드에 뒤처지지 않는다'든지.

온갖 어필들이 가득 적혀 있었지만, 내 움직임에는 망설임이 없었다.

휘릭, 휘리릭.

아무리 좋게 포장해도 70점 미만은 거들떠보지도 않는다.

무조건 흥행이 보장된 작품만, 대본 점수 70점이 넘어가면 멈춘다. 그리고 시놉시스 몇 줄을 읽어본다.

이 과정에서 내가 중요하게 생각하는 단 하나는.

'흥미로움.'

작품의 장점만을 뽑아놓은 시놉시스 단계에서도 나를 잡아 끌지 못한다면, 그건 읽어볼 필요도 없다.

어차피 실망만 할 테니까.

장르를 불분하고, 시놉시스를 읽는 것만으로 연기하는 내 모습이 머릿속에 자연스럽게 그려진다면 합격.

하지만 최종합격을 의미하는 것은 아니다.

1차 투망에서 걸러진 작품들을 면밀히 따져 봐야 하니까.

감독이 누구인지, 감독의 전작은 무엇인지, 투자는 완벽한지, 배급사는 끼고 있는지, 필요하다면 캐스팅 현황까지 문의해 가면서 내 커리어를 발전시킬 작품을 찾는 거다.

개런티?

따라오게 되어 있다, 올리려고 노력하지 않아도 충분히.

그렇게 수십 편의 시놉시스가 단, 세 작품으로 좁혀졌다.

"7년의 기억."

박진우 연출이 써낸, 명작 스릴러. 만약 박진우 연출의 작품이 내 기준에 조금 못 미치면 어떻게 할지 고민했는데 다행히, 세 작품 안에 박진우 연출의 작품도 포함되어 있다.

오히려 월등하다. 이전에 내게 대본이 까이고 난 뒤로, 칼이라도 간 듯 완벽한 대본을 들고 왔다.

머릿속에서 어떤 작품들과 미팅을 가져야 할지 정리가 되기 시작한다. 박진우 연출의 영화 하나와, 다른 하나. 두 작품 정도를 동시에 진행하더라도, 스케줄에 차질은 없으리라.

여행에서 돌아온 지도 벌써 사흘째 이제 슬슬, 움직일 때도 되었지.

나는 휴대전화를 들었다. 시놉시스 살펴보고 연락 달라던 재익이 형에게 전화를 걸려던 찰나.

지이잉!

마침, 재익이 형에게 전화가 걸려왔다.

"네, 형 저도 마침 전화하려던 참이었는데."

-왜? 무슨 일 있어?

"아뇨. 시놉 다 봤어요."

재익이 형은 다급한 목소리로 내게 말했다.

-아, 그래? 재희야. 일단 작품 선택 보류해봐. 방금 UAA에서 연락 왔다.

"네?"

L&K 엔터테인먼트가 시끌시끌해졌다.

매니지먼트 사무실로 날아든, UAA의 메일 한 통 때문. 이 한 통의 메일이 회사를 하루 종일 어수선하게 만들고 있다.

UAA(United Acting Agency)는 유명 할리우드 스타들이 대거

포진된, 미국 LA의 대표적인 캐스팅 에이전시다. 필요한 배우가 있다면 감독 및 크루들의 중간 다리 역할을 하고, 배우들의 전반적인 해외활동을 지원한다.

"UAA에서 연락 왔다고? 누구 찾는데?"

"당연히 재희죠. 오디션 보러 오라고."

'도재희'라는 이름을 듣는 순간, 손뼉을 탁! 친다.

"아! 올 것이 왔구나."

UAA에서 L&K에게 보내온 메일에는 2020년 제작예정인 폴 안토니 감독의 〈아다지오〉(adagio)에 도재희가 물망에 올랐으며 관심이 있으니, 본 에이전시와 계약을 체결하고 해외활동을 시작할 생각이 없는지에 대한 문의였다.

"UAA? 거기 테디 스윈턴, 에일리나 졸리 같은 배우들 속해 있는 곳이잖아요. 엄청 유명한 곳 아니에요?"

"할리우드에서도 이미 검증 끝난 곳이지. 이야, 재희는 L&K 간판 클래스를 여기서도 입증하는구나."

"이 정도면 해외활동이 좀 늦은 편이지만, 역시 재희!"

"늦긴요? 중국, 일본에서 러브 콜이 얼마나 왔는데요? 재희는 못한 게 아니라, 안 한 거라고요. 한국이 최우선. 시장이랑 작품, 얼마나 따지는데."

연말, 시상식들이 줄지어 있는 엔터계의 대목. 소속 배우들의 수상 여부가 뒷전으로 밀려날 만큼, UAA의 활동 제의는

L&K 초유의 관심사가 되었다.

뜨거운 감자. '할리우드'

과연 도재희의 역량이 해외에서도 먹힐 것이냐?

이를 두고 제법 논쟁도 벌어졌다.

"근데, 아직 두고 봐야 알지. 시기상조 아니야?"

"맞아. 할리우드 간다고 설레발 치던 배우들 다 뭐하냐 요즘? 미국에서 조, 단역으로 영화 한두 편 찍다가 이제는 그마저도 아무도 안 찾아주니 슬그머니 국내 복귀해서는, '국내 팬들이 그리워 돌아왔다'느니, 어쩐다느니……."

"그것도 활동한 거라고. 기자들은 연신 할리우드 배우, 할리우드 배우……."

"아이고, 그 정도면 양반이지. 미국 시장 자체에 발도 못 붙이는 사람들이 얼마나 많은데? 캐스팅 에이전시도 마찬가지야. 계약을 하면 뭐해? 오디션에 붙지를 못하는데."

기본적으로 '영어'라는 장벽에 부딪힌다.

영어가 해결된다 하더라도 '동양인'이 미국에서 '주연'을 한다는 것 자체가 쉽지 않다. 그런 작품을 찾기도 힘들고, 제작 환경도 주어지지 않는다.

대부분 악역 혹은 캐릭터가 이미 '꽉' 잡혀 있는 '조연'일 뿐이다.

뭐, 이는 겉으로 드러난 이유일 뿐이고 이면에 숨어 있는 수

많은 '차별'과 '불합리'에 맞서 싸워야 한다.

열 명 중, 아홉 명이 할리우드에 진출하고 싶어 하지만 그중 여덟이 마음을 접는 무대.

한국에서 내로라던 젊고 유망한 배우들이 도전한 장벽.

하지만 '확실히 자리 잡은 배우'는 이제껏 없었다.

번번이 실패하는 오디션에 자존심이 상한 배우들은, 도전을 접고 국내 복귀를 선택하니까.

아메리칸 드림은커녕, 동양인의 무덤이 바로 그곳이다.

"차라리, 중국이나 일본 같이 검증된 곳이 많잖아? 그깟 아카데미상이나, 세계적인 명성이 뭐가 중요해? 나라면, 힘든 길 안 가고 아시아에서 떵떵거리면서 살지."

논쟁에 불이 붙기 시작한다.

"그깟? 아카데미가 그깟? 괜히 할리우드겠어? 영화계 1번지라고. 재희 정도면 도전할 가치는 충분히 있지."

"맞아요. 미국 간다고 한국 활동 접는 것도 아니고. 이거 한 작품 하고 와서, 한국 활동 재개하면 되는 거잖아요? 공백기라고 해봐야 고작 몇 달인데."

"그래, 재희 잘하겠지. 아는데……. 꾸준히 할 수 있냐가 문제지."

단순한 문제다.

지금 당장 미국에 완전히 넘어가는 것이 아니다. 어디까지

나 한국 활동이 메인이고, 선택의 폭을 넓히는 것뿐이다.

"어, 재희다."

이런 내 등장에 주변이 삽시간에 고요해졌다. 부산스럽던 사옥 로비에 휘몰아친 정적. 나는 이들의 시선을 등에 업고 그대로 재익이 형과 함께 대표실을 찾았다.

똑똑.

"들어와."

문을 열고 들어서니, 매니지먼트 1팀의 박찬익 팀장을 비롯하여 2, 3팀장들과 기획부장, 홍보팀장. 권우철 대표. 그리고 L&K의 또 다른 공동대표인 이무택 대표도 앉아 있었다.

L&K 엔터의 중심들은 죄다 모여 있다.

"어서 들어와."

그만큼 이번 사안은 중요한 문제다. 유명 에이전시와의 2중 '계약' 문제이기도 하고, 내년 상반기를 좌우할 내 활동 반경에 대한 문제니까.

재익이 형이 나가려고 하자, 권우철 대표가 붙잡았다.

"재익이 너도 같이 있어."

"아, 네."

나와 재익이 형이 함께 비어 있는 자리에 앉았다. 그러자 권우철 대표가 내게 친근한 눈으로 말했다.

"여행은 즐거웠고?"

"네."

"그래. 아무리 즐거워도 다음부터는 이코노미 같은 건 타지 마. 회사 이미지도 있으니까."

"푸흐흡."

딱딱할 줄 알았던 분위기가 대표의 농담과 함께 조금 부드러워진다. 내가 이코노미를 탄 일이 신기한 모양이다.

"그래, 재익이 통해서 얘기는 들었지?"

"네. UAA에서 계약 제의가 왔다고."

"맞아. 그래서 불렀어. 계약서에 명시되어 있듯, 작품을 고르는 데에는 네 의견이 가장 중요하니까."

권우철 대표가 잘빠진 정장을 털어내며 자세를 고쳐 앉았다. 오른손목에 채워진 금시계가 번쩍거린다.

"의견을 듣기 전에, 사건 브리핑 한번 들어볼까?"

권우철 대표가 푹신한 소파에 몸을 눕히자, 옆에 앉아 있던 박찬익 팀장이 허리를 세우며 말했다.

"우선, UAA에게 계약 제의가 온 것은 오늘 오전 9시. 문의 내용은 폴 안토니 감독의 '음악 영화'의 조연 오디션에 도재희를 추천하는 것. 서면에 기재된 내용은……. 오디션 일정 안내 등 모든 부분을 UAA에서 부담하고 싶다. 본 영화가 아니더라도, 추후에 있을 오디션에 적극적으로 어필할 자신이 있다. 계약 관련된 사항은 최대한 L&K 측 의견을 반영하겠다. 대충 이 정도네요."

가만히 듣고 있던 이무택 대표가 입을 열었다.

"게네들은 어디서 본 거야, 재희를? 미국 진출한 영화가 뭐 있지?"

"저도 궁금해서 통화를 시도했는데, 미국은 밤이더라고요. 그런데 서면에서는 '노래' 얘기를 하더라고요?"

"노래?"

"네. 아마도, 트라팔가 버스킹 유튜브 동영상을 보지 않았나 짐작합니다."

본디 성질이 조금 괴팍한 이무택 대표가 코웃음 쳤다.

"양놈들 믿을 수가 있어야지. 극진히 모시겠다고 말해놓고 오디션 몇 번 떨어지고 나면, 등 돌리는 게 그놈들인데."

이무택 대표가 '미국 놈들' 못 믿는다며 투덜거리는 사이, 나는 '음악 영화'라는 단어에 집중했다.

저 영화의 총괄 뮤직 아티스트가 엘라니 오코너.

그녀가 나를 UAA에 추천하지 않았을까. 그게 아니라고 하기에는, 너무 절묘한 타이밍이지 않은가.

권우철 대표가 여유로운 미소를 지으며, 박찬익 팀장에게 물었다.

"원래 '음악 영화' 쪽으로 접근 시도했었다며."

"예. 실은, 알아보기만 할 생각이었는데……. 먼저 연락이 올 줄은 몰랐습니다."

권우철 대표가 고개를 끄덕이며 내게 물었다.

"시놉시스는 봤지?"

"네."

"어땠어?"

폴 안토니 감독 〈아다지오〉. 음악을 통해 비루한 현실을 타파하고, 희망을 노래하는 영화. 눈에 띄는 특징이라면, 주인공밴드의 인물들이 저마다 가슴 속에 상처가 하나씩 있고, 음악을 통해 치유하는 과정을 그린다.

내게 들어온 배역은, 아메리칸 드림을 꿈꾸고 미국에 왔지만 실패만 맛본 동양인 뮤지션. 주인공 밴드의 일원으로서 꽤 비중 있는 역할을 차지한다.

아다지오. 영화 제목이 말하듯 '천천히' 전진하는 청춘들의 삶을 담았다.

"뭐, 영화 자체는 나쁘지 않았어요."

내 대답에 빙그레 웃으며 이무택 대표를 향해 물었다.

"형님 생각은 어때요?"

그러자 이무택 대표가 고개를 저었다.

"뭘 물어 묻긴? 난 반대야. 미국 놈들 진지하게 재희한테 관심 있는 게 아니라고."

그러자 권우철 대표는 빙그레 웃으며 말했다.

"난 찬성."

"뭐?"

이무택 대표가 발끈했지만, 권우철 대표는 그쪽엔 관심 없다는 듯 오직 나만을 바라보며 웃었다.

"들었지? 1:1이야. 재희, 너 하고 싶은 대로 해."

"……."

나 하고 싶은 대로.

"이제껏, 재희 하고 싶은 대로 했는데, 실패한 작품 뭐 있어요? 믿어보자고요. 어떤 선택을 하든."

"……."

미국은 일종의 꿈의 무대다.

한국에 비해 조건이 뭐가 그리 좋냐 묻는다면.

글쎄. 자신 있게 대답할 수 있는 말은 하나뿐이다.

이제껏 정상을 밟은 한국인이 없다는 것, 이만하면 배우로서 도전할 명분은 충분히 느낀다.

나는 숨을 골라내며 입을 열었다.

"그럼 일단, 오디션만 해볼까요. 대신, '7년의 기억'. 박진우 연출 차기작이랑 동시에 진행하고."

내 대답에 이무택 대표도 별수 없다는 듯 눈을 감았다.

"으음."

작정하고 할리우드에 도전하겠다고 떠나는 것이 아니라, 한

발만 걸쳐 보겠다는 이야기니까.

내 말에 권우철 대표의 얼굴이 환해졌다.

"그야, 재희 좋을 대로."

그러고는 고개를 돌리며 매니저들에게 말했다.

"들었지? 들었으면, 슬슬 움직이자고."

"예. 난 우선 UAA 쪽이랑 접촉해 볼 테니까, 폴 안토니 감독 정보랑, '아다지오' 정보 모두 긁어 모아주고. 일단 언론에는 흘리지 않는 게 어때."

"좋아요. 설레발 치는 것보다 확정되고 알리는 게 좋죠."

"그럼 진행하겠습니다."

모두가 자리에서 일어나자, 권우철 대표는 위스키병을 꺼내더니 얼음이 담긴 온더록스 잔에 따르기 시작했다.

"재희도 한잔할래?"

위스키에 온 더 락이라. 평생 소주만 마시던 오리지널 '국산품'인 내가 어느새 미국 시장을 탐하다니.

음악이건, 미국이건 생소한 장르지만 부딪혀보고 싶다는 욕심이 생긴다.

나는 고개를 끄덕이며 말했다.

"한 잔 주세요."

도전하는 거지 뭐.

··· 6장 ···
영화의 중심에서

TV-K 스타 어워드 2019. 시상식에 참여한 모든 이의 시선이 메인 전광판으로 향했다.

-내가 지금 너를 죽이면, 미래의 현실이 바뀐다고?

-……

-뭐라고 말 좀 해봐! 자꾸 뒤로 숨지 말고! 앞으로 나와서 직접 말해!

영상이 끝나자, 무대 위에서 현란한 드레스와 깔끔한 자주색 정장을 입은 배우 출신 사회자가 마이크를 들었다.

"네! 이상! '시간의 띠' 하이라이트 영상이었습니다. 이것으로 양익찬, 황소리, 도재희. 총 3인의 대상 후보를 모두 만나 보았는데요. 어떠셨습니까? 짐작이 되십니까?"

"전혀요. 누가 받아도 이상하지 않을 것 같습니다."

그리고 내 앞에서는 플로어 매니저(Floor manager)가 인 이어를 끼고 두 손을 높이 들어 올렸다. 녹화 세트의 마에스트로. 그의 손짓에 맞춰 바주카포를 연상케 하는 거대한 수십 대의 카메라가 레일 위를 움직이며 불을 번뜩인다.

"큐!"

플로어 매니저의 큐 사인에 맞춰 사이즈가 돌아가고, 내 앞에 멈춰선 카메라에 불이 들어왔다.

번쩍!

2019년 TV-K 어워드. 대상 후보, 도재희.

나는 미리 '준비된' 표정을 지어 보였다. 침을 꿀꺽 삼키며, 잔뜩 긴장한 얼굴로 시선을 앞에 집중시킨다.

지금, 이 표정은 전국에 생방송 되겠지.

곧이어 플로어 매니저가 두 손을 휘저었다.

"잠시 후, 만나 보겠습니다."

광고가 나오는 시간. 카메라가 불시에 찾아올지 모르는 긴장된 녹화 생중계에서 꿀 같은 휴식시간이다.

레일 위를 움직이던 녹화 카메라가 움직임을 멈추었다.

내가 앉은 테이블에는 〈시간의 띠〉 팀 배우들이 자리했는데, 선배님 한 분이 내게 말씀하셨다.

"내 이름 불러줄 거지?"

"선배님, 제가 받으면 당연하죠. 물론, '받게' 된다면."

"에이, 왜 그래. 이미 알 만한 사람들은 다 아는데."

알 만한 사람들은 다 아는 소식.

"재희가 안 받으면 누가 받아?"

어차피 대상은 도재희.

"말씀만이라도 감사합니다."

겸손을 잃지 않고 대답했다.

나는 긴장된 기색을 애써 지우며, 주위를 둘러보았다.

객석을 가득 메운 배우들. 방송 삼사의 시상식보다 일주일 먼저 치러진 덕분에 참석자의 숫자는 예상보다 훨씬 많았다.

아마, TV-K 자체가 방송 삼사에서 실적을 낸 뒤 스카우트된 대형 PD들이 다수 모여 있기 때문이리라.

그중 뜻밖의 손님은, 조승희. 〈피셔〉 이후, 만나지 못했던 조승희가 나를 축하하기 위해 시상식을 찾았다.

"재희!"

나를 향해 손을 흔들어 보인다. 웃으며 화답해 주었는데, 주변 배우들의 부러움 가득한 시선이 내게 꽂혔다.

'조승희랑 친한가 봐.'

'소문이 사실이었네.'

"……."

아무래도 나, 인간관계가 너무 얇은 게 아닐까.

악의적인 시선들이 너무 많이 빗발친다.

하지만 나는 이런 시선들을 깔끔하게 무시해 주었다.

내년부터는, 누구와 친한 배우가 아니라 '도재희'와 친해지고 싶은 배우들을 차례차례 만들 예정이니까.

"녹화 재개할게요!"

"30초 전!"

플로어 매니저가 분주해졌다.

"스텐바이!"

"하이! 큐!"

"네! 오래 기다리셨습니다. 드디어 TV-K 2019 스타 어워드. 마지막 대상 수상 확인만을 앞두고 있는데요."

큐 사인이 돌아가고, 시상식이 재개되었다. 긴장된 표정으로 곱게 접힌 편지봉투를 열어보는 여자 사회자.

"수상자를 발표하겠습니다. 대망의 대상 수상자는……."

그리고 이 시상식, 말해 무엇할까.

"도재희! 축하합니다!"

펑! 퍼버벙!

사이드에서 터지는 꽃가루가 시상식 전체에 휘날렸다.

"축하합니다! 배우 도재희는, 〈시간의 띠〉를 통해 압도적인 연기력으로 데뷔 3년도 되지 않은 짧은 시간 동안 강렬한 인상을 남겼는데요."

사회자의 멘트는 귀에 꽂혔다가 그대로 달아나 버린다.

"축하해요!"

"역시!"

주변 배우들의 축하 인사 때문이다.

정신이 없네.

배우들이 너나 할 것 없이 자리에서 일어나 박수를 쳐주고, 나를 얼싸안고 끌어안았다. 이 비록, 모두 연출된 행동일지라도. 나 역시 진지하게 받아주었다.

달리 카메라 한 대가 서 있는 나를 반 바퀴 휘감았다.

옆모습에서 천천히 앞모습으로. 일순간 가까이 다가오더니, 조금씩 멀어지며 내 뒷모습을 카메라에 담기 시작한다.

플로어 매니저가 옆에서 손을 크게 빙글빙글 돌린다.

"큐!"

앞으로 나가야 할 타이밍.

당당하게 앞으로 걸어나갔다. 그리고 무대 정중앙에 섰다.

사람들의 가지각색의 눈빛을 정면으로 맞서며 나는 마이크를 붙잡았다. 카메라 너머에서 보고 있을 수십만의 대중들을 바라보며 입을 열었다.

"아아, 도재희입니다."

무슨 말을 해야 할까. 이거, 눈물이라도 흘려야 할까.

파노라믹 포토그래피(panoramic Photography).

배우는 고정된 상태로 카메라가 수평으로 선회하며 원을 그리는 촬영 기법. 정면에서 느리게 선회하며 뒷모습으로. 그리고 앵글이 다시 정면에 도착하면, 완벽히 다른 공간에 똑같은 모습으로 서 있는 배우의 모습을 발견할 수 있다.

지금의 내가 그렇다.

"감사합니다."

감사 인사로 포문을 연 나는, 숨을 골라냈다.

어느새, 변한 내 무대. 대종상 영화제.

객석과 연회 테이블을 메운 수많은 영화인을 향해 말했다.

"이 상을 받을 수 있기까지 도와주신 많은 분들. 어머니 아버지. 그리고 매일 물가에 내놓은 어린아이처럼 걱정해 준 재익이 형. 임창태 감독님, 박진우 감독님……."

세종문화회관 대극장에서 열린 2019년 대종상 영화제. 한국 영화의 질적 향상을 위해 정부가 주관하는 유일한 영화상. 대한민국에서 가장 오래된 영화상. 가끔 수상 논란으로 단두대에 오르기도 하지만 가장 권위 있는 상이라는 것은 부정할 수 없다.

이곳에서 나는, 총 4관왕에 오르는 기염을 토했다.

최우수 작품상에 〈이선〉. 감독상에 〈이선〉의 임창태 감독님. 시나리오상에는 〈양치기 청년〉의 박진우 연출. 남우주연상에는 도재희.

벌써 기자들이 기사 써내는 소리가 들린다.

논란에 또 논란을 낳을 만큼, 압도적이지만 그 누구도 반박하지 못할 '나'를 위한 영화제.

"너무나 많은 분들이 저를 도와주셨습니다. 2019년에 저를 도와주셨듯이 2020년에는 이 상에 보답할 수 있는 배우가 되었으면 좋겠습니다."

일종의, '수금(收金)'이다.

물 들어오면 노 젓는 뱃사공처럼, 바람이 불어오면 돛을 펴는 윈드 서퍼처럼 나는 연말 시상식에 연일 화제를 몰고 다니며, 상을 휩쓸었다.

감격스러울 법도 하건만.

"감사합니다."

피가 끓어오른다.

환희, 엑스터시 같은 감정과는 조금 다르다.

그래. 인정하자. 나, 그렇게 쿨한 인간은 아니잖아.

카메라 너머에서 보고 있을, 여전히 내 자리를 부러워하는 적들에게 보란 듯이 보여준다는 마음이 더 크다.

송문교, 임주원, 윤민우, 박시현 등. 이제껏 나를 향해 수군

댔던 배우들을 똑바로 바라보며 말했다.

"그럼, 다음 작품에서 뵙겠습니다."

기억하자. 지금 받는 상들은, 잠시 공을 치하하는 상패 쪼가리에 불과하나. 절대로 안정적인 연예계 생활을 담보해 주지는 않는다.

자리가 높을수록, 도전은 계속되고 위협은 상존한다.

매번 그래왔듯. 내가 신인이든, 아니든.

달라진 것은 없다.

성탄 연휴와 새해 연휴에 맞춰, 아버지와 어머니는 베트남으로 여행을 떠나셨다.

새해를 외국에서 보내는 것이 처음인 것은 당연하고, 해외여행 자체가 처음이신 부모님은.

"새해인데 혼자 괜찮겠어?"

"저는 걱정 말고 다녀오세요."

"이래도 되나 모르겠네……."

혼자 남겨질 나를 걱정하셨지만.

"그럼요. 이러셔도 되시죠. 재희도 여행 다녀왔는데. 짐 이리 주세요. 제가 도와드릴게요."

"아이, 고마워라."

재익이 형의 도움으로 인천공항까지 무사히 도착한 후, 한 장의 인증 사진과 함께 출국하셨다.

아주 환한 얼굴로.

그래서 올해 연말은 이렇게 나 혼자 보내게 되었다. 소파에 푹 늘어진 상태로.

-재희야! 대상 축하하고! 새해 복 많이 받고^^

-재희 선배님! 올해의 영화배우상 수상하신 거 정말 축하드립니다! 한 해 마무리 잘하시고…….

뭐. 스쳐 지나간 배우들의 수많은 축하 문자 덕분에 지루할 틈은 없었지만, 어딘가 서글퍼진다.

이들은 결국, 인간 도재희가 아니라, '배우 도재희'와의 친분을 원할 뿐이니까. 하지만, 죽으라는 법도 없다.

'인간' 도재희에게 호기심을 보이는 사람도 있었으니까.

-술 한잔하시겠습니까?

박진우 연출이다.

내 인맥이 그렇지 뭐.

-캐스팅 때문에, 영 골치가 아파서 말입니다. 소주에 껍데기 어떠십니까?

나는, 미국 〈아다지오〉의 오디션과 동시에 박진우 연출의 영화 〈7년의 기억〉에 참여하기로 최종 합의를 보았다.

그런데, 캐스팅 때문에 골치가 아프다고?

-어디에서 볼까요?

집 인근에 있는 조용한 식당 테이블에 자리를 잡았다.

동행한 인원은 재익이 형, 나, 박진우 연출과 SAFA에서부터 쭉 인연을 쌓아온 제작부장 김민희 님 총 네 명.

"이거, 쑥스럽지만……."

박진우 연출이 지갑에서 명함 한 장을 내밀었다.

"어?"

명함에는 '너울'이라는 처음 들어보는 영화사 로고가 찍혀 있었고. 총 연출이라는 직함 옆에는 '박진우'라는 이름이 적혀 있었다.

"영화사군요. 너울이라……."

"맞습니다. 우리말로 바다의 큰 물결이라고 하더군요. 한국 영화에 물결을 일으키는 영화를 만들고 싶습니다."

거대한 물결. 대종상 영화제에서 함께 나란히 수상하고 〈양치기 청년〉이 311만 명이라는 '기적'에 가까운 흥행을 거둔 직후의 만남.

단 한 작품으로, 박진우 연출은 홀로서기에 성공했다.

"축하드립니다. 이거, 이제부터 대표님이라고 불러야 하는 거 아닙니까?"

"하하! 아닙니다. 사무실은 영등포에 있습니다. 언제 한번 들러주십시오."

역시, 술은 마음 편한 사람들과 마셔야 하는가 보다. 이 자리도 일 얘기 때문에 만났지만, 주문한 고기를 전부 비울 때까지 그 누구도 일 얘기를 꺼내지 않았다.

그러다 소주 한 병, 두 병을 비워나가던 무렵 본격적인 대화가 시작되었다.

"실은, 부탁 하나를 드리고 싶습니다."

"어떤 부탁입니까?"

박진우 연출이 내게 부탁할 일이 뭐가 있을까.

"캐스팅 관련해서 조언을 좀 얻고 싶습니다."

"아, 조언이요."

내가 영화사 너울의 〈7년의 기억〉에 참여하면서 신인 배우 풀은 L&K가 독점하다시피 가져왔다.

하지만 영화라는 것이, 배우 몇몇이 충족된다고 완성되는 것은 아니지.

박진우 연출은 내게 그 '권한'을 함께 고민하자고 말했다.

"배역 오디션에 함께 참관해 주시면 안 되겠습니까?"

"아."

"배우가 배우를 보는 '눈'을 믿습니다. 물론, 도 배우님을 믿는 것이지만요. 하하."

조금 뜻밖의 제안이다. 전혀 생각지도 못한 부탁.

오디션 참관이라.

나는 고개를 끄덕였다.

"참관 정도야……. 어렵지 않지요."

"감사합니다!"

박진우 연출이 가방에서 서류 몇 장을 꺼내 들었다.

"보시면, 조금 도움이 되지 않을까 싶습니다."

프로필 사진들과 배우 리스트가 빼곡히 적혀 있다.

나는 배우들의 프로필을 들어 올렸다.

어딘가 기분이 이상해지는군.

내가 〈비서〉에서 조승희의 눈에 들었던 것처럼.

이번에는 반대로, 내가 누군가에게 손을 내밀 수 있다.

··· 7장 ···

신인의 마음으로

박진우 연출이 1년 넘게 고쳐 쓴 대본, 〈7년의 기억〉.

'누나가 죽었다. 살해당했다.'

영화의 포문을 여는 첫 내레이션의 담담한 대사를 시작으로 예상 러닝타임 2시간 20분이라는 긴 호흡 내내 몰입감을 놓치지 않는다.

가족이 의문의 괴한에게 살해당하고, 7년간 잡히지 않았던 연쇄살인범의 흔적을 아들이 쫓는다.

국가도, 언론도, 경찰도 포기한 미제 사건을 쫓으며, 테이프 되감기듯 살아나는 살인범의 삶 뒤에 숨겨진 인간의 추악한 본성. 살인자와 피해자가 보낸 완벽히 대비되는 지난 7년의 삶을 되돌아보는, 명작 스릴러.

줄거리 안에는, 긴 세월 간 고쳐 쓴 글이라는 것을 한눈에 알아볼 수 있는 요소들이 세세하게 담겨 있다.

나는 〈7년의 기억〉 오디션 참관인이자, 주연배우 자격으로 영등포의 영화사 너울 사무실에 도착했다. 점심을 함께 먹자는 박진우 연출의 제안에 근처 한식집에 들렀다.

"거절하셔도 되는 부탁인데, 응해주셔서 감사합니다."

"아닙니다. 저도 좋은 경험이라고 생각합니다."

영화의 콘티와 배우는, 감독 머릿속에 그려져 있는 '세계관'이다. 즉, 박진우 연출은 자신의 세계관을 함께 공유하자고 요청한 것이다.

이것은 이미, 작품이 굴러가는 톱니바퀴 나사 그 이상의 역할을 부여받은 셈이고 그만큼 나를 신뢰한다는 의미다.

나는, 흔쾌히 응했고.

"이 집은 뭐가 맛있습니까?"

"여기가 도가니탕이 그렇게 좋습니다. 작업하다가 종종 들르는 집이거든요."

"그럼 그걸로 하겠습니다."

식사 주문 직후에 너울의 제작을 총괄하게 된 김민희 부장님이 배우들 프로필을 꺼내 들었다. 내가 프로필을 건네받자, 박진우 연출이 말했다.

"들어서 아시겠지만, 여배우는 신인으로 할 예정입니다."

"아, 네."

오늘 뽑을 배역은 많다. 하지만 그중에서 가장 하이라이트는, 살인사건의 피해자 '누나' 역할을 뽑는 것이다.

'누나'는 극 중에서 중요한 비중을 차지하지만, 유명 여배우를 쓰기에는 분량이 많지 않다. 거기다 첫 컷에서부터 등장하는 것이 영정사진이다. 커리어가 창창한 젊은 여배우들 입장에서는, 아무래도 찝찝할 것이다.

하지만 '도재희×박진우'는 이미 업계에서 소문이 자자했고, 먼저 하고 싶다는 역제안이 여럿 들어왔다고 한다.

"다행히 저를 좋게 봐주셔서 좋은 배우분들이 많이 지원해 주셨지만……."

하지만, 박진우 연출은 자신의 '소신'을 믿고 있다.

"제 개인적으로 신인을 쓰고 싶습니다. 뚜렷한 이미지가 떠오르는 기성 배우가 아니라, 정말 주인공 인생에서 단 하나밖에 없던 '누나'로 느껴졌으면 좋겠습니다."

대중들에게 기존의 이미지가 존재하지 않는 신인. 동시에 '도재희 누나'로 각인될 실력파 여배우를 찾는 오디션. 지원자만 이천여 명에 달했지만, 거르고 걸러져 이제는 수십 명으로 좁혀진 공개 오디션.

"제가 올바른 선택을 할 수 있게 도 배우님이 좀 도와주십시오. 하하!"

연기에는 정답이 없다. 명쾌한 공식으로 정리될 수도 없을 뿐더러, 내 연기 역시 대중들 모두를 완벽하게 사로잡았다고 생각하지 않는다. 감독과 작가가 만들어낸 배역을 99% 소화할 뿐이다.

<7년의 기억>은 철저하게 '박진우'라는 인물이 만들어낸 '기준'에 적합해야 통과하는 오디션. 다른 사람의 의견은 참고용일 뿐 감독의 선택에 실질적인 도움이 될 수는 없다.

하지만.

[영화 <7년의 기억>이 흡수 가능합니다.]

나는 예외다.

"최선을 다해보겠습니다."

감독이 창조해 낸 배역들의 이미지는, 이미 내 머릿속에도 완벽히 자리 잡고 있다.

영등포에 신설된 영화사 '너울'의 사무실. 복도에서부터 빼곡하게 들어찬 축하 화환보다 많은 신인 배우의 숫자.

깔끔한 흰 대리석 복도를 지나칠 때마다, 쪽 대본 한 장씩을 손에 쥔 채 긴장된 얼굴로 서 있는 젊은 배우들을 만날 수 있었다.

그들은 박진우 연출과 나를 알아보고는 황급하게 인사를 건넸다.

"아, 안녕하십니까! 신인배우 허명환이라고 합……."

"네, 안녕하세요."

느닷없는 내 등장에 조금씩 당황하는 신인 배우들.

일제히 나를 돌아보며 수군거리기 시작했다. 옛날 생각이 난다. 〈피서〉 오디션을 보러 왔을 때, 나 역시 조승희를 보고 깜짝 놀랐었지.

사무실 내부로 들어섰다. 테이블도 몇 개 없고 아직은 단출한 신생 사무실이지만 그 속의 열기는 뜨거웠다.

영화사 너울의 첫 장편 데뷔작. 도재희 주연에, 한국 독립영화의 유례없는 바람을 일으킨 박진우 연출의 차기작.

반드시 이 작품을 하고 싶다는 열망. 사무실 가득 들어차 있는 배우들과 매니저들의 시선이 일제히 내게 꽂힌다.

"우, 우와."

"도재희다……."

등장과 동시에 주변의 기류를 바꾸는 일. 이제는 흔해진 일이지만, 이들에게서는 조금 더 '짙다.'

선망, 동경 따위의 복잡한 시선들이 꽂힌다.

박진우 연출이 말했다.

"미팅 룸에서 오디션 볼 텐데, 잠시만 기다려주시겠어요?"

"네."

인사를 위해 박진우 연출과 배우들이 리딩실로 들어갔고, 나는 미팅 룸 안으로 들어섰다.

그사이.

"안녕하세요. 폴라리스 엔터의 박하인 과장……."

"도재희 배우님, 괜찮으시다면……. 잠시 얘기 좀 할 수 있을까요?"

"재계약 문의 때문에 저희 엔터로 말씀드리자면……."

몇몇 기획사에서 접촉해 왔지만, 이제는 지루한 얘기다.

재익이 형도 처음에는 화를 냈지만 이제는 능숙하게 매니저들을 상대한다.

"데려가시려는 건 괜찮은데. 비싼데 괜찮겠어요? 재희 시장 가치가 얼만 줄 알고. 최소 100억은 주셔야 할 텐데."

"배, 백억이요?"

"최소요. 최소. 여유자금 넉넉하신지 모르겠네."

물론, 과장에 과장에 과장을 보태 지르는 금액이다.

조승희도 저렇게 가져가지는 못할 테니까.

그만큼 L&K에서는 나를 놓아줄 생각이 없다는 뜻이고. 나역시 지금에 만족한다.

에이전시 계약을 긍정적으로 전달한 L&K는 조만간 한국을 직접 방문하겠다는 UAA의 답변을 받았다고 한다. 이렇게 미국 도전을 앞둔 지금, 괜한 곳에 신경 쓸 여유는 없다.

"죄송합니다. 조금만 혼자 있고 싶은데요."

"아, 네. 네."

내 대답에 매니저들이 표정을 바꾸며 물러났다. 미팅 룸에 혼자 덩그러니 남은 나는, 테이블에 올려져 있는 신인 배우들의 프로필을 들여다보기 시작했다.

이틀 전, 술자리에서 받았던 샘플 프로필들에서 네 배 가까이 늘어난 어마어마한 양이지만. 프로필 한 줄 한 줄을 성심성의껏 읽어갔다.

조금 잔인한 일이지만, 내 작품에 참여할 배우를 뽑는 일이니만큼 확실히 해야 한다.

비주얼이나 프로필이 눈에 띄는 배우들은 이름 옆에 동그라미를 치기 시작했다. 연기를 봐야 알겠지만, 아직은 조금 더 눈이 가는 것은 사실이다.

연극, 단편영화, 이미지 단역으로 출연했던 드라마. 그 누구도 얼굴을 못 알아보지만, 이들 역시 배우다.

옛날 생각이 난다. 프로필에 어떻게든 한 줄을 더 집어넣으려고 애쓰던 시간. 실패만 거듭하며 낙담하던 시간들이.

빠르게 프로필을 넘겨보는데, 문이 열리며 박진우 연출이 들어섰다.

"5분 뒤 시작입니다."

"아, 네."

박진우 연출이 둘로 분류된 프로필을 보더니 물었다.

"오, 저도 한번 봐도 될까요?"

"그럼요."

프로필을 휘릭! 넘겨보더니 씨익, 미소 짓는다.

"역시 도 배우님과 저는 비슷한 구석이 있습니다."

"……."

그럴 수밖에.

하지만 누가 보더라도 눈에 띄는 배우들은 분명 존재한다. 기획사에서 밀어주는 것이 아니라, 본인이 직접 발품을 팔며 뛰어다닌 배우들은 프로필만 보아도 티가 난다.

프로필은 조잡하지만, 그 어느 신인들보다 관련 경력은 많은 이들. 개 중에 스타성은 조금 부족하지만, 문성이 형 같은 실력파들이 숨어 있다.

모두 박진우 연출이나, 내가 좋아하는 과다.

제발, 이들을 한눈에 알아볼 수 있기를.

똑똑.

노크 뒤, 영화사 직원 한 명이 고개를 빼꼼 내밀었다.

"대표님. 오디션, 시작할게요."

오디션 참가자 중에는 L&K 소속도 몇 명 있었다.

"선배님! 반갑습니다! 저는 L&K 소속……."

이들은 내 얼굴을 알아보고 슬쩍슬쩍 눈인사를 건네고는 했는데, 아마도 잘 봐달라는 의미겠지.

하지만 소속사가 같다는 것이 '합격'을 담보하지는 못한다.

잘하면 어떻게든 붙게 되어 있다. 아니, 적어도 노력한 흔적이라도 보였으면 좋았으련만.

"……."

"으음."

박진우 연출이 나를 힐끔거리며 눈치를 살폈다.

나와 같은 회사 소속 배우들. 작은 배역 하나 정도는 주려면 줄 수 있지만, 고민하는 기색이 역력하다. 나는 박진우 연출을 보며 테이블을 슬쩍 두드렸다.

우리끼리 정한 일종의 암호.

박진우 연출이 다행이라는 얼굴로 사람 좋은 표정을 지으며 말했다.

"네, 잘 봤습니다."

불합격. 불합격에는 이유가 있다.

최소한 자신이 무슨 말은 하고 있는지 알아야 할 것 아닌가. 말을 세련되게 한다고 연기가 아니야. 사투리가 뒤섞이고 어딘지 모르게 어눌해도, 그걸 살리면 연기지.

"대체, 무슨 생각으로 저런 대사를 하는지······."

만들어진 연기. 말을 최대한 세련되게 하려 하고, 내면의 진심이라고는 1%도 느껴지지 않는 말을 하는 후배에게 물어보고 싶다.

'너, 지금 무슨 말 했어?'

그럼, 아마 외운 대사만 읊어댈 것이다.

잘하는 것을 바라는 것이 아니다.

내가 그랬다. 백도 없고, 회사에서도 누구도 밀어주는 이도 없어서 혼자 죽어라 준비했는데, 못해서 그마저도 쉽지 않았으니까.

기회에 고마워하지 않고, 적당히 준비해서 합격하는 것을 당연하게 여기는 것이 못마땅한 것이다.

"다음 볼게요."

그 뒤로도 지지부진한 연기가 이어졌다.

"도재희 배우님! 정말 팬입니다! 열심히 해보겠습니다!"

이들은 오디션장에 있는 '나'를 의식하듯 힘을 주어 연기하고는 했는데, 일전에도 말했듯 연기란, 누군가를 의식하는 순간 끝나버리고는 한다.

나는 '준비된' 탈락자들에게는 최대한 느낀 점을 담백하게 말해주었다.

"집중력이 좋았습니다. 어미가 자꾸 떨어지는데 그 부분을 살리거나, 고친다면 더 깔끔하지 않았을까 싶습니다."

그러면 이들은 환하게 웃고는 했다.

"으아앗! 정말요? 도재희가 칭찬해 준 거 실화냐!"

그럼 나도 마음이 편해진다.

"하하."

그래, 그렇게 웃어버리고 털어버려요.

가끔은, 주먹을 꽉 쥐게 만드는 신인들도 있었다.

감정 연기에 너무 몰입해서 보는 내 심장이 울렁울렁거리고 눈앞을 뿌옇게 변하게 만드는 사람들. 그런 사람들은 대게, 빨강 동그라미를 쳤던 배우들이었다.

회사도, 밀어주는 이도 아무도 없이 직접 두 발로 방송국과 영화사 사무실을 찾는 정말 간절한 신인들.

'신인 배우 누구누구입니다! 예쁘게 봐주십시오!'

당돌하게 프로필을 건네 봐야, 대부분 쓰레기통 행. 그중에서 뽑히는 사람은 거의 없다. 뜨기란 하늘의 별 따기보다도 힘들다.

"잘 봤습니다."

뽑고 싶다. 하지만, 너무나 많다.

말해주고 싶다, 당신이 틀린 것이 아니라는 것을.

소개팅 하나 실패한다고 인생 끝나는 것이 아니잖은가. 이 영화는, 당신에게 어울리는 연인이 아니었을 뿐이다.

필드에 숨어 있는 당신들에게 어울리는 '다른' 연인을 하루 빨리 찾을 수 있기를, 또 나와 같은 '행운'이 찾아오기를 다시 한번 빌어본다.

확실한 배역의 주인이 나타나지 않던 오디선장. 그때, 나와 박진우 연출의 눈길을 사로잡은 기막힌 배우가 한 명 나타났다.

이십 대 중반. 화장기 하나 없는 얼굴.

조금 날것 그대로 표현하자면, 카페나 편의점에서 아르바이트생으로 볼 법한 선한 인상에 일반인치고는 그럭저럭 예쁘지만, 그렇다고 수수한 것이 매력이라고 할 수 없는 즉, 비주얼에는 강점이 없는 배우다.

하지만.

"이름이, 하윤? 본명인가요?"

"네. 본명입니다. 외자."

하윤. 내가 프로필에 동그라미 친 여자다.

동그라미 친 이유는, 지면이 부족할 정도로 다양한 단편영화를 수십 편 넘게 찍었다는 점. 그 점이 눈길을 끌었다.

"소속된 회사는 없나 보군요."

"네, 혼자 하고 있습니다!"

얼마나 억척스럽고, 힘들게 연기를 했는지는 프로필을 보면 알 수 있다. 학생들이 만드는 일당 3만 원에서 5만 원짜리 단편영화도, 경쟁률은 200:1에 가깝다.

돈 벌려고 하는 것이 아니다.

1초, 그 1초를 위해, 지독한 무명시절을 걷는다.

이 여자, 정말 가리지 않고 작품을 하러 다녔다. 몇 년간, 영화에 미친 것처럼.

또 가장 마음에 드는 점은, 프로필 사진을 억지로 꾸미지 않았다는 것.

'에?'

'어라?'

'음, 사진은 몇 년 전에 찍으신 건가요?'

프로필 사진을 보고 기대했다가, 실물은 완전히 다른 배우가 나타나는 것을 보고 얼마나 실망했던가.

잘생기고 예쁜 프로필 사진이 필요한 것이 아니라. 본인의 강점을 어필하는 것이 중요한데. 하윤이라는 배우는, 그런 부분에서는 일절 꾸밈이 없었다. 오히려 이런 수수함이 배역과 배우의 접점을 스파크 튀듯 일으키며 와닿게 한다.

나는 속으로 간절하게 외쳤다. 제발, 연기를 잘했으면 좋겠다고.

박진우 연출 역시 기대감을 잔뜩 품은 채, 웃으며 말했다.

"그럼, 준비되시면 시작해 주세요."

그러자 하윤이 쭈뼛거리며 말했다.

"저기 죄송한데……."

"네?"

"저, 선배님이 '강준' 대사 한 마디만 해주시면 안 될까요?"

'강준'은 내 역할이다.

오디션 중에 대사와 지문을 요구하는 것은 무례한 일이 아니지.

나는 고개를 끄덕였다.

"물론이죠."

그러자 하윤은 고개를 꾸벅 숙이며 말했다.

"영광입니다."

"장면 17 준비하셨나 보네요. 그럼 시작하겠습니다."

박진우 연출이 지문을 읽기 시작했다.

"#17 강준의 집. 강준. 허망한 얼굴로 벽에 걸린 가족사진을 바라보며 울먹인다."

지문이 끝나자마자, 내 시야가 완벽히 회전하기 시작했다.

그리고 감정은 걷잡을 수 없이 증폭되더니, 정확히 내가 컨트롤할 수 있는 범위. 딱, 거기까지 휘몰아친다.

"……."

내 호흡이 거칠어지자, 박진우 연출이 남은 지문을 읽었다.

"강준의 내레이션."

"어느새, 내가 누나보다 나이를 더 많이 먹었다."

7년. 그 시간 동안 죽은 누나보다 나이를 더 먹은 나. 어려진 누나에 대한 괴리감. 복잡한 상념이 머릿속을 얽매고.

"#17-1. 인서트 컷. 좋았던 시절. 누나와의 추억들이 짧은 일기 형식으로 지나간다. #17-2 동짓날에 팥죽을 나눠 먹던 일. #17-3 초콜릿 따위를 숨겨 챙겨주던 일. #17-4 대학에 붙었을 때, 자랑스러워하던 누나."

"이제 다 컸네, 우리 동생."

하윤의 대사 한마디가 나를 울린다. 나는 그런 하윤을 똑바로 바라보며, 감정을 억누르고 애써 웃음 지었다.

"쳇, 고작 네 살 밖에 차이 안 나면서."

"내가 너 엎어 키웠어. 후후."

하윤이 쓰게 웃었다.

별로 특별할 것도 없는 대사지만, 다시 심장을 울린다.

누나도 동생도 없는 내가, 이 순간에 완벽히 몰입한 순간.

"우리 동생, 한국대에 떡하니 붙었으니 약속대로 누나가 열심히 일해야겠네."

하윤이라는 배우와 내가 제법 물 흐르듯이 어우러진다.

"#18 강준의 집. 상상에서 빠져나오는 강준……."

"……."

몇 줄 되지 않는 대사지만 박진우 연출은 지문을 읽으면서도 하윤에게서 눈을 떼지 못했다.

나 역시 마찬가지.

하윤에게는, 기성 배우들 못지않은 신선함과 '힘'이 있었다. 수수한 얼굴은 오히려 장점이 되었고. 그녀의 얼굴은 계속해서 보고 싶게 만드는 매력으로까지 느껴진다.

연기가 끝나자, 하윤이 눈가의 눈물을 닦아내며 부끄러운 듯 크게 호흡을 뱉었다.

"후!"

"잘하시는데요?"

내 칭찬에 하윤이 잠시 코를 훌쩍이더니, 쑥스럽다는 듯 머리를 헝클며 말했다.

"선배님이 도와주셔서 그렇습니다."

예의도 바르다.

나는 재차 물었다.

"그 정도가 아니던걸요? 프로필에는 고졸로 나와 있는데, 따로 전공하신 건가요?"

"실은, 연극영화과를 중퇴하고 대학로에서 연극만 하다가……. 2년 전쯤부터 단편영화를 찍기 시작했습니다. 그러다 인연이 닿아서 독립영화 몇 작품……. 거기서 많이 배웠습니다."

"2년 동안, 이 많은 작품을 다 했다고요?"

"네."

오디션이란 오디션은 죄다 지원하면서 쉼 없이 본인을 채찍질했음이 틀림없다.

박진우 연출이 흥미롭다는 듯 물었다.

"영화를 시작하게 된 특별한 계기가 있었나요?"

"네."

"실례가 안 된다면, 들을 수 있을까요?"

하윤이 멋쩍게 웃으며 말했다.

"진부한 얘기처럼 들리시겠지만……. 딱, 재작년 10월. 서울독립영화제에 우연한 기회에 가게 되어서……."

서울 독립영화제. 그리고 독립스타상 〈양치기 청년〉.

하윤은 멋쩍게 웃었다.

"감독님과 도 배우님의 팬입니다. 사실, 여기에 이렇게 서 있는 것도 영광입니다."

〈양치기 청년〉의 발랄함과 세상을 향해 던지는 유쾌한 주먹은, 가난한 연극쟁이의 인생을 바꾸었다. 자기도, 저들 대열에서 함께 뛰어가고 싶다고 용기를 불어 넣어주었다.

자기 인생이 싸구려 변두리가 아니라는 믿음을 주었다.

"아, 하하……."

"거기서 보셨구나."

나와 박진우 연출이 서로 마주 보며 미소 지었다.

미소의 의미는 명확했다.

'찾았네요.'

'그렇네요.'

좋은 배우를 보면, 우리의 눈은 뜨겁게 빛난다.

그때, 하윤이 어색하게 손을 흔들며 말했다.

"그리고 또 하나 더 드릴 말씀이 있는데……."

"네, 말씀하세요."

하윤이 자신 없는 목소리로 말했다.

"저……. 도재희 선배님…… 패, 팬 카페……. 회원입니
다……."

"네?"

"서, 성실 회원……."

"……."

아, 그랬어?

하윤이 모기가 기어갈 듯한, 작은 목소리로 말했다.

"……졌다."

"예?"

"도, 도졌다……."

도재희를 보면 무조건 외친다는 팬들의 버릇 같은 습관.

"……."

난데없이 날아든 팬밍아웃에 나는 황당함에 입을 다물었다. 그러자 박진우 연출이 배를 잡으며 깔깔 웃었다.

"으하하! 이런 걸, 성공한 덕후라고 말하나요? 우상과 연기를 하다니!"

"성실 회원이면 댓글 수가 1,000개가 넘어야 할 텐데……. 대단하네요."

내 말에 하윤이 배시시 웃었다.

"혜혜……."

뭐가 그렇게 좋다는 건지, 여하튼 그 모습이 꽤나 믿음직스러워 보였다.

나는 박진우 연출에게 호의적인 눈빛을 보내며 어깨를 으쓱였다.

이 뜻은.

'전 좋아요.'

박진우 연출 역시, 기다렸다는 듯 말했다.

"잘 봤습니다. 다시 뵐 수 있었으면 좋겠습니다."

사진발에 속고, 회사 이름에 속았던 오디션 경쟁에서 살아남는 배우는 딱 한 명이었다. 다른 배우들은 의견이 갈리기도 했지만, 주연배우는 하나로 통일되었다.

"하윤, 어떠세요?"

"감독님 뜻이 제 뜻이죠."

여자 주연은, 아무도 모르는 무명배우로 결정.

"감독님, 겁 안 나세요?"

일각에서 영화사 너울의 미래를 책임질 작품에 신인 여주인공을 뽑은 결정이 너무 무모하지 않으냐, 라는 의견이 있었기에 내가 장난스레 물었다.

이런 경우는, 1년에 한두 번 있을까 말까 한, 정말 특별한 경우니까.

하지만 박진우 연출이 단호한 얼굴로 말했다.

"도 배우님도 봐서 아시잖아요."

그 말에 나는 피식하는 웃음으로 공감을 표했다.

"알죠."

안다, 웬만한 기성 배우들보다, 훨씬 강력한 에너지를 가진 배우라는 것을.

그리고 박진우 연출이 말한 '신선한 신인'의 얼굴로 완벽히 각인되리라는 것도 이미 알고 있다.

박진우 연출이 장난스럽게 물었다.

"후후……. 그나저나 도 배우님이야말로 겁 안 나세요?"

"무슨 겁이요?"

"성실 회원인데? 현장에서 도 배우님 잠자는 사진 몰래 찍어서 팬 카페에 올리면 어떡해요?"

"……."

에이, 무슨 그런 무서운 말씀을.

내 의견을 반영한, 박진우 연출의 조단역 오디션이 끝나고 주연배우에 대한 이야기가 시작되었다. 당연한 말이지만, 나를 포함한 주연배우들은 오디션 과정 따위 없이, 감독의 간곡한 '요청'으로 이루어진다.

'제 작품에 출연해 주십시오!'

감독은 당연히 시나리오를 집필할 당시부터 머릿속에 넣어두었던 배우가 있을 것이다.

인지도며 연기력이며 모두를 인정받는 명품배우들. 나 역시, 섭외 후보가 누구인지는 어렴풋이 짐작할 수 있었다.

박진우 연출이 말했다.

"섭외에 성공한 선배님들은 이렇습니다."

살인자 역할에는 설강식, 아버지 역할에는 여호석. 대한민국 영화계에서 연기파 배우를 꼽으라면 절대 빠지지 않는 거물들이다.

"……정말요?"

천만 배우임은 당연하고 믿고 보는 배우로 이미지 좋고, 연기 잘하고, 후배들에게 존경을 받는 4, 50대 배우들. 내가 상상했던 이미지와 100% 맞아떨어진다.

조승희가 30대를 대표하는 스타라면 이들은, 전 연령을 통틀어 배우들의 '배우'다.

내가 어렸을 적부터, 스크린을 통해 보아오던 한국 영화의 자존심들이자 젊은 배우들의 롤 모델. 10년, 20년 뒤 저렇게 되기를 바라 마지않는 워너비라고도 할 수 있다.

너무 놀란 나머지, 나는 오히려 담담해졌다.

"정말 설강식, 여호석 선배님들이 참여하십니까?"

"네. 확답을 받았습니다. 하하, 운이 좋았습니다."

"……."

운이 좋았다고?

아니, 이건 단순한 운으로 결정되는 일이 아니다.

"제가 완전 신입 문화부 기자 시절에 두 선배님과 인연이 닿았었는데……. 아직 저를 기억해 주시더라고요."

그래.

박진우 연출은 분명, 영화의 끈에 묶여 있는 인생일 것이다. 그것도 아주 단단한.

-영화 <7년의 기억> [92/100](+7)

내 눈에만 보이는 영화의 성적으로 보아 2020년도 잘 풀릴 모양이다.

"특히, 설강식 선배님은 도 배우님이 참여한다고 하니 흥미를 보이시더라고요. 도대체 어떤 배우길래, 후배들에게 그렇게 소문이 자자한지 많이 궁금해하셨습니다."

"······후배들이요?"

후배들에게 자자한 소문? 어떤 후배들 말씀하시는 거지?

그때, 재익이 형이 내게 말했다.

"재희야, 잠시 괜찮아?"

재익이 형이 내게 말한 것은, 프로그램 섭외 의뢰에 관한 내용이었다. 그리고 설강식 선배님이 나를 언급하며 부연하듯 말했던 '후배들'과 관련된 이야기이기도 하다.

KTN에서 제작하는 다큐멘터리, 〈배우로 가는 길〉.

'단역 배우'들의 삶을 맨투맨 취재 형식으로 찍어, 신년 특집으로 내보내는 스페셜 다큐로 촬영은 이미 마쳤고, 무수히 많은 신인배우, 단역 배우들을 취재하며 가편집까지 모두 끝난 상태다.

"인터뷰만 하면 되는 건가요?"

"그렇지."

"이미 가편집도 끝났다면서요."

"인터뷰는 따로 추가로 촬영할 거고, 내레이션이 늘어온 거야."

이 다큐멘터리 팀에서 내게 한 요청은. '내레이션'.

그 이유는.

"단역, 신인 배우들에게 닮고 싶은 배우 1위로 뽑혔어."

"네? 제가요?"

"응. 인터뷰에서도 네 얘기가 제일 많이 나왔다고 하더라. 대단하다고. 닮고 싶다고."

"……."

대학, 연극, 기획사. 그리고 3년의 무명 기간. 내 무명 경력이 힘들었다고 말하고 싶지 않다. 10년, 20년. 인고의 기나긴 세월을 견딘 나보다 더 힘든 배우들도 많으니까.

하지만.

"국내에 이런 속도로 치고 올라온 배우가 없잖아. 사람들이 느끼기에는 일종의, 무명배우의 신화 같은 셈이지."

"……."

돈 없고, 백 없는 배우 지망생의 홀로서기. 저들에게 있어서는, 최고의 성공을 누리고 있는 나.

내가 자격이 있을까 싶기도 했지만, 나 역시 뒤처지지 않기 위해 노력을 게을리하지 않았다.

재익이 형은 이미 반쯤 마음이 기운 것 같았다.

"이런 건 이미지에 괜찮을 것 같아. 굳이 돈 때문이 아니라도……. 뭐랄까……."

나는 재익이 형의 말을 잘라내며 단번에 대답했다.

"할게요."

"정말?"

이건, 돈 때문도 아니고. 이미지 때문도 아니다.

일종의 마음의 빚이랄까. 그냥, 하고 싶다.

KTN 본관 9층의 다큐멘터리 사무실. 조그만 녹음실에 마이크를 두고, LCD 모니터를 통해 부조정실에서 틀어준 영상을 감상했다.

가편집된 영상에서는, 이름 모를 단역배우들의 '일상'이 담겨 있었다. 나는 흘러가는 영상을 보며 마음 한구석이 무거워지는 것을 느꼈다.

살짝 촉촉하게 젖은 목소리로 말했다.

"안녕하세요. 배우, 도재희입니다."

그리고, 테이블 위에 올려져 있는 대본을 참고하여, 내 진솔한 감정을 털어놓고 시작했다.

추운 겨울, 촬영에 임하다 동상에 걸리는 동영상을 보며.

"배우는 기다림의 직업이라고 하죠. 추운 날씨에 밖에서 촬영하다 보면, 체온관리가 정말 어렵습니다. 매니저도 없이 혼자 챙기려면 정말 버겁죠."

하루 여덟 시간을 밖에서 기다리다 고작 5분 만에 촬영을 끝나는 일도 있고.

"워낙 이 일이 탄력적이다 보니, 새벽 늦게 끝나는 경우도 많거든요. 저 기분 잘 알지요."

멀쩡한 이름을 놔두고도 경찰1, 조폭3처럼 숫자로 불리는 '무명배우'의 삶.

"저 때는, 대본에 적혀 있는 이름 하나가 참으로, 소중합니다."

그들의 삶을 조금이나마 대변했다. 영상 속 인터뷰를 한 배우들 중에는, 나와 같은 작품에 출연했고, 내가 기억하고 있는 단역 배우도 있었다.

-한만희 감독님의 〈피서〉라는 영화에 보험사 직원1로 참여했었습니다. 조승희, 도재희 같은 배우들이 뿜어내는 에너지, 저들은 어떻게 연기하는지……. 또 촬영장을 어떤 자세로 임하는지. 이런 것들을 보면서 느꼈지요. 아, 촬영장에서 물리적

인 거리는 저와 고작 한 발자국이지만. 실제로는 너무나 먼발치에 있구나. 많이 배워야겠다.

저 사람이, 누군지 나는 기억한다. 극장에 개봉된 〈피서〉에 얼굴은 고작 3초가량 나온 배우. 2년이 지났지만, 여전히 단역 배우로 일하고 있는 모양이다.

Q. 기억에 남는 촬영장 에피소드는 뭐가 있는지?
-도재희 배우님이요. 고생했다고. 연기 너무 좋았다고. 다음에 또 보자고. 그런 말을 해주신 것이 아직도 기억에 남아요. 많은 힘이 되었죠. 사실, 가장 힘이 되는 일은 그런 거거든요. 배우로서 인정받는 느낌? 빠르게 성공을 거두셨는데, 저한테까지 고개 숙이며 인사하시더라고요. 감동이었죠.

Q. 롤 모델로 삼고 싶은 배우가 있다면?
-도재희? 도재희 같은 배우님은, 불과 3, 4년 전만 해도, 아무도 모르던 배우였잖아요. 이미지 단역으로 아침드라마 몇 번 나간 게 전부인⋯⋯. 그런데 대단하죠. 2년 남짓한 시간 만에 배우로서 능력들을 다 보여주고 있잖아요.

유독 내 이름이 자주 언급되고는 했다. 방송국에서 꼭 나를 내레이션으로 쓰고 싶다는 이유는 일종의 대리만족.

　무명 단역배우에서 이렇게 빠르게 인지도를 불린 배우는 없었다. 저들이 하지 못하던 일들을, 그 누구도 해내지 못하던 일들을. 상상 속에서만 가능하던 일들을 내가 지금 해내고 있기 때문이 아닐까.

　나는 조금 힘주어 말했다.

　"1초를 위해, 24시간을 몰두하는 이들의 삶을 제가 단정 지을 수는 없지만, 이것 하나만큼은 확실합니다."

　그 어느 때보다 진솔한 마음으로.

　"내 이야기에서 주인공은, 그리 멀리 있지 않습니다."

　이 다큐멘터리가 얼마나 힘이 될지는 모르지만.

　절대, 포기하지 말기를.

　새해가 되고, 며칠 지나지 않아 메일이 날아들었다.

　UAA에서 에이전트를 보내겠다는 연락이 왔다.

　그 덕분에 회사는 식사 준비는 어떻게 할 것이며, 계약에 관한 세부 조건은 어떻게 정할지에 대해 시끌벅적했지만, 나는 다른 의미로 분주했다.

　나는 SNS를 따로 하지 않았기에, 내 개인 사진이나 정보들은 회사 SNS 계정이나 팬 카페를 주로 이용하고는 했는데 최근 회사 팔로워 수가 급증하고, 내 팬 카페 회원 수가 삽시간에 폭등했다.

이렇다 할 방송활동이 없던 새해 초반. 무엇 때문일까?

얼마 전, 방영된 KTN 다큐멘터리 <배우로 가는 길>이 호응을 얻었기 때문이었다.

[도재희, 배우 인생을 돌아보는 감동의 내레이션 60분.]
[KTN <배우로 가는 길> 무명배우의 신화, 도재희.]

나와의 촬영 비하인드 스토리를 공개하는 무명배우들, 현장 스탭들의 증언이 인터넷에 올라 화제가 되기도 했다.

'예의 바른 배우.'
'그 누구보다 프로페셔널한 배우.'

이야깃거리들이 쏟아져 나오자 연예부 기자들은 좋은 먹잇감이라도 발견한 듯, 너도나도 관련 기사를 써내려가기 시작했고. 휴대폰은 계속해서 울렸다.

"속물처럼 보이겠네."

나는 포털사이트의 내 기사를 바라보며 중얼거렸다.

"이건, 인지도 때문에 한 일이 아닌데 말이죠. 그래서 개런티도 안 받고 진행했고요."

"그게 영향력이야. 돈도 그렇잖아? 버는 사람은 더 잘 번다고. 인지도도 미친가지지. 유명한 사람 기준으로 돌아가게 되어 있어."

"……."

무보수로 진행했던 일임에도, '도재희의 재능기부' 같은 제목을 달고 기사화되었다.

내겐 좋은 일이지만, 조금 민망하다는 생각까지 들었다.

이 다큐멘터리의 주인공은 내가 아닌데, 하지만, 가장 큰 수혜자가 된 것은 아이러니하게도 나다.

"별수 없잖아. 네가 어찌할 수 있는 문제가 아니야."

"민망해서 그렇죠."

"신경 쓰지 마. 회사 간판인 네가 이미지를 이렇게 구축했으니, L&K에서라도 잘 챙길 거야. 권 대표님이 지시하셨다고 하더라. 신인배우들 더 챙기자고."

"……."

이 역시, 회사 입장에서는 이미지 메이킹이리라. 신인들에게 좋은 이미지를 얻어내고, 신인 배우들이 몰려오면 거기서 대어를 물어오려는.

입 밖으로 꺼내지는 않았다. 좋은 게 좋은 거니까.

〈7년의 기억〉 오디션에서 수많은 신인, 단역 배우들을 보며 잠시 기분이 복잡했었지만.

그래, 이 정도면 되었다.

내가 탄 차량은 청담동에 정차했다. 샵에서 가벼운 분장을 마치고, 영미 씨가 건네준 세미 정장을 입은 나는, 롱 패딩을 위에 걸치고 도곡동 L&K 사옥 안으로 들어섰다.

오늘은, UAA 에이전트가 방문한다.

"완전 쓰레기장이네. 미국 애들이 뭐라고 생각하겠냐?"

"이것도 좀 닦아!"

오랜만에 방문하는 귀한 손님 때문인지, 직원들은 한창 주변 정리에 여념이 없었다. 우리는 곧바로 UAA에이전트 응접실로 쓰일, 미팅 룸으로 들어갔다.

내부에는 대표들을 제외하고, 기획부장님과 박찬익 팀장이 자리하고 있었다. 기획부장이 내게 물었다.

"커피?"

"감사합니다."

기획부장이 건네준 아메리카노를 받아들었다.

"잠시 얘기 좀 나눌까?"

"네."

나는 기획부장에게서 UAA 측과 서면으로 나눈 계약 내용에 대해 전해 들었다.

나는 한국에서나 스타지, 할리우드에서는 '신인'이다. 오디션을 봐야 하는 것은 피할 수 없다. 대신 번거로운 프로필 동영상은 생략하기로 했다.

오디션 일정이 잡히면, 미국으로 출국해야 하고 대부분의 경비는 UAA 측에서 부담한다. 수익 배분은 L&K와 지분을 나눈다. 내가 만약 오디션에 합격할 경우, 음악 트레이닝과 기타 트레이닝이 있으니 미국에 부분 체류해야 한다는 점도 고지했다.

"중요한 건 이 정도야."

모두, 예상했던 범위다.

하지만 기획부장이 입꼬리를 올리며 웃었다.

"물론, 오늘 계약이 무사히 체결되어야겠지만."

"계약이 파토 날 수도 있나요?"

"그럼. UAA가 얼마나 깐깐한데. 나는 아직까지도 유튜브 동영상 하나로 캐스팅되었다는 사실이 믿기지 않는다니까."

할리우드 1번지라고 불리는 유명 에이전시라 아무나 받지는 않는다고 한다. 오직 '검증'된 배우만 받는다고 한다.

"한국에서 UAA와 계약하는 배우는 네가 최초야."

"음, 그런가요? 승희 형도 미국 다녀왔잖아요."

"응. 다른 에이전시와 계약한 전례는 있어. 조승희 씨도 할리우드 TK와 계약했고."

"아아."

"실패했지만."

"……뭐, 그렇죠."

조승희도 실패했다. 미국에서 서브 주연으로 캐스팅되었던 영화는 중간에 무산되었고, 조연으로 출연했던 영화 두 작품은 모두 망했다.

결국, 쓸쓸하게 국내 리턴.

내 할리우드 진출 소식이 조승희 귀에 들어간다면, 그는 아마 나를 뜯어말릴 것이다.

'중국이 좋다니까? 왜 고생을 자처해?'

하지만.

미국행을 결정했던 몇 주 전의 기분이 젊음의 '치기'였다면, 지금은 그런 감정들이 조금 단단해진 기분이다.

내 행보가 신인 배우들이 1순위로 꼽을 만큼 한국에서 누구도 걷지 못한 '신화'라면, 이번에도 보여주고 싶다.

"일단, 알겠습니다."

"좀 쉬고 있어. 곧 도착할 거니까."

기획 부장님이 내 어깨를 두드리며 사무실을 나섰다.

잠시 기다리자, 밖이 소란스러워졌다.

의자에 앉아 있던 재익이 형이 벌떡 일어나며 말했다.

"왔나보다."

나는 목을 가다듬고, 자리에서 일어나 입고 있는 와이셔츠의 깃을 가다듬었다. 흰 와이셔츠에 반짝이는 은광 시계. 창틀에 비춰 앞머리를 정리하자 문이 열리며 사람들이 와자하게 들어섰다.

"Welcome, Welcome!"

환하게 웃으며 외국인 셋을 맞이하는 권우철 대표와, 조금은 떨떠름한 표정의 이무택 대표. 통역사 한 명. 그리고 사십 대 초반 정도로 보이는 외국인 에이전트가 세 명이었다.

"재희! 재희!"

외국인 에이전트가 나를 한눈에 알아보며 악수를 청했다.

나는 그들의 손을 일일이 맞잡았다.

자리에 앉아, 본격적인 이야기에 들어가기 전, 이것만큼은 꼭 확실하게 확인해야겠다는 듯 이무택 대표가 물었다.

"근데, 정말 재희를 어디에서 보고 연락을 준 겁니까?"

그러자 에이전트 중, 가운데 앉아 있던 남자가 말했다.

"버스킹 동영상이지요."

"정말입니까? 고작 휴대폰으로 찍은 동영상?"

이무택 대표의 눈이 가늘어졌다.

그러자 에이전트가 유쾌하게 웃어넘겼다.

"그럼요. 아, 물론. 그걸 보라고 추천해 준 사람은 따로 있지만."

"추천해 준 사람?"

"네."

"그게 누굽니까?"

그러자 에이전트가 빙글빙글 웃었다.

"저희 UAA와 계약한 아티스트이자, 영화 '아다지오'의 총괄 뮤직 디렉터입니다."

역시.

하지만 총괄 뮤직 디렉터가 엘라니 오코너라는 사실을 알리 없는 이무택 대표가 되물었다.

"그게 누군데요?"

그의 표정은 마치 '그게 누군데 대체 뜸을 들이는 거야!'라고 묻는 듯했다.

그러자 에이전트가 웃으며 짧게 말했다.

"엘라니 오코너."

"⋯⋯뭐? 무슨 코너?"

이무택 대표가 고개를 갸웃거렸지만, 장내에 있던 모든 사람은 대번에 알아들었다. 표정이 일제히 굳어진다.

"에?"

"누구요? 엘라니 오코너? 팝 스타, 엘라니?"

"정말? 그 천재 싱어송라이터? 엘라니 오코너가 곡을 만든다고?"

"이건, 사전 조사에서도 없던 내용이에요. 영화에 대한 정보만 모았지 애초에 워낙 비밀스러운 내용이라……."

엘라니 오코너. 역시, 세계적인 아티스트는 다르다니까.

이제 문제는 그녀가 왜 하필 나를 추천했냐는 것인데.

으음, 이건 비밀로 해야겠지?

그때, 권우철 대표가 나를 힐끔거리고는 조용히 물었다.

"안 놀라네? 재희는?"

거 참, 눈치 하나는 빠르시네.

나는 두 손을 들어 올리며 조금 어색하게 말했다.

"엄청 놀랐는데요?"

"……."

권우철 대표는 미심쩍은 표정을 지었지만, 이내 피식 웃으며 대답했다.

"알았어."

곧이어 지루한 계약에 관한 간단한 설명들이 이어졌다.

하지만 내 귀에는 오직 단 '하나'의 이야기만 들려왔다.

"재희가 배역 물망에 오르기 전, '아다지오' 오디션을 보게 하려던 일본인 가수 한 명 있어요. 즉, 그와의 오디션 경쟁은 불가피해요."

미야모토 료. 앨범을 냈다 하면, 오리콘 차트를 씹어 먹는 정상급 일본인 가수. 일본 유명밴드 '초코버스터' 2기 출신에 기타도 수준급이다.

이미, '동양인 뮤지션'이라는 배역이 필요한 덕목인 '가창력' 과 '연주'는 완벽하게 소화 가능하다.

하지만, 에이전트는 걱정하지 말라는 투로 말했다.

"재희가 '아다지오' 오디션에서 밀리더라도, 이제 저희와 인연을 쌓았으니 오디션 기회는 계속해서 만들 수 있어요. 물론, 재희가 도전에 지치지만 않는다면."

"……."

아, 그러니까. 엘라니 오코너에게 오디션 추천을 받긴 했지만, 경쟁자가 너무 강해서 내가 떨어질 수도 있으니……. 낙심하지 마라? 다른 작품도 밀어주겠다?

"……."

내 표정이 미묘해지자, 이무택 대표가 감정 상한다는 얼굴로 말했다.

"염병, 이번에는 일본 놈이 말썽이네."

물론, 한국어로.

"재희를 뭐로 보는 거야? 아쉬운 사람이 우린 줄 알아?"

"토, 통역합니까?"

"지금 장난합니까?"

소란스러워진 현장을 정리하며, 권우철 대표가 내게 슬쩍 물었다.

"물려? 아니면 고?"

"……."

물리냐고? 콜럼버스의 배를 타고 아메리카에 도착한 동양인이 서양인들의 땅에 깃발을 꽂으려는데. 같은 배에 타고 온 동양인 하나에 겁먹으면 안 되지.

어차피, 경쟁은 예상했다.

내가 비릿하게 웃으며 말했다.

"당연히 고죠."

라이벌, 경쟁, 싸움. 익숙하잖아.

이제껏, 내가 취하지 못한 작품은 없다.

그게, 미국이라고 다를까.

UAA와의 계약이 무사히 끝났다.

계약 기간은 2년. 1년 이내에 이렇다 할 성과가 없을 시에는 계약을 파기할 수 있는 조항이 포함되어 있다.

물론, UAA 측에서도 내가 오디션에 성실하게 임하지 않을 시, 패널티를 부과할 수 있지만 그럴 일은 없다.

미리 예약해 두었던, 1인분에 40만 원이 넘어가는 한정식집에서 식사를 마친 후, 에이전트와 기념사진을 촬영했다.

오디션 합격과 동시에 언론에 흘려보낼 자료, 어떤 언론이건, 군침을 흘릴 만한 독점 정보.

'도재희 미국 진출'.

에이전트들이 미국으로 돌아가고, 회사 내에서 몇몇 매니저들이 내게 물어왔다.

"그러니까, 결국 엘라니 오코너가 자기 영화에 재희를 추천한 거잖아?"

"그런 셈이지. 재희야, 너 아는 거 있어?"

도대체, 내가 세계적인 팝 스타를 어떻게 아는 것인가.

엘라니 오코너와 나의 관계에 대해 궁금해했지만.

"글쎄요."

나는 결코 입을 열지 않았다.

에이전트들도 자세한 내막을 알지는 못하는 듯 보였고, 엘라니 오코너의 입장을 알지 못하기 때문이다.

그 이후, 회사에서는 내게 최고의 보컬 트레이너가 붙여주었다.

아이돌 여럿을 메이저로 띄운 경험이 있는 실력파 가수 출신, 보컬 트레이너 '호성'. 의외로 이건, 항상 내 의견을 존중해주었던 권우철 대표의 지시사항이 아니었다.

"이거 한일전이잖아?"

조금은 다혈질적이지만, 누구보다 나를 아끼는 이무택 대표의 지시사항이었다.

"한일전인 거 누가 안다고 그러세요. 비공개오디션인데."

"내가 알잖아? 몰랐으면 몰라. 알게 된 걸 어떡해. 그럼 무조건 이겨야지. 한일전은 이겨야 해!"

하하. 그래, 이겨야지!

'초코버스터'라는 일본의 국민 밴드 2기 보컬 출신에 작곡 능력과 기타 숙련도 역시 수준급으로 인정받는 다재다능한 뮤지션. 열도가 낳은 아시아의 별이자 국내에도 많은 팬을 보유하고 있는 아시아의 스타라는 간판은 단순히 대중적인 인지도만 놓고 보았을 때도, 아시아 활동을 하지 않은 나와는 확실히 대비된다.

할리우드에서도 아시아 시장을 겨냥했을 때, 군침을 삼킬만한 인재라고도 볼 수 있다.

커리어로만 놓고 보면, 내가 상대가 될 수 있을까.

하지만.

"괜찮은데?"

보컬 트레이너 호성은 내 노래를 한 번 듣더니, 단번에 상황을 진단했다.

"영화 '인사이드 르윈'에 나오는 노래잖아. Five Hundred

miles."

미국에 끌려온 흑인 노예들의 상황을 노래한 포크송. 나는 성공하기 전에 고향에 돌아갈 수 없는 절박함을 안은 뮤지션을 떠올렸다.

"노래가 뭐 별거야? 들었을 때 좋으면, 땡이지."

"괜찮았어요?"

"지금도 잘해. 배역이 무명 뮤지션이라고 했나? 노래와 궁합도 잘 맞고. 영어 가사임에도 불구하고……. 그 감정이 느껴져."

최근, 다큐멘터리의 내레이션 덕분일까. 아니면 〈7년의 기억〉 오디션에서 보았던 수많은 무명배우들 때문일까. 내가 곧, '무명 뮤지션'을 연기해야 할지도 모르기 때문일까.

아마, 모두 다일 것이다.

유독, 가슴 먹먹해지는 노래들을 부를 때면 터질 듯 터지지 않는 가슴 속의 응어리가 느껴지고는 한다.

일종의 울분. 이 울분이 내게 지리멸렬하고 비루한 감정 조각들을 하나로 불러 모으고 있다.

"보컬로서의 세련됨, 기교. 이런 것은 미야모토 료가 한 수 위지. 하지만 그걸로 승부 보는 게 아니잖아. 이게 가수 뽑는 오디션은 아니니까."

그렇지, 아이돌을 뽑는 오디션도 아니고. 실력과 가수를 뽑는 오디션이 아니다.

진심으로 노래할 배우를 뽑는 오디션.

"고음 올릴 때, 목에 힘 들어가는 쪼. 이거 하나는 내가 확실히 잡아줄게. 다른 건 내가 터치한다고 단기간에 바짝 끌어올릴 수 있는 부분도 아니고……. 지금은 장점만 살리자. 어때요? 대표님들 듣기엔 어땠어요?"

트레이너 호성의 질문에, 녹음실 귀퉁이에 앉아 있던 두 명의 대표가 고개를 들었다. 나 역시, 유리창 너머로 대표들을 주시했다.

"솔직히 말해주세요."

내 말에 권우철 대표는 엄지를 치켜들었고, 내 할리우드행을 가장 걱정하던 이무택 대표는 자리에서 벌떡 일어나더니 호성 앞에 놓여 있는 마이크를 잡고 말했다.

아주 큰 목소리로.

"가자! 재희야!"

··· 8장 ···

모두의 페르소나

보컬 이외에도 기타 트레이닝 지원도 이어졌다.

내가 기타는 군대에서 기본 메이저코드를 익혀본 것이 전부다. 대부분 기타를 가볍게 배워보는 사람들이 그렇듯 Em, Am, C, G 같은 기본코드를 익힌 뒤, 코드가 반복되는 쉬운 노래 몇 가지를 배운다. 딱, 거기까지는 즐겁지만 F 코드에 들어가면서 바들바들 떨리는 손가락에 포기하고는 한다. 나만 그럴지도 모르지만.

적어도 나는 F 코드 이후에 기타를 잡아본 적이 없다. 하지만, 전역 이후 7, 8년이 지나고서야 기타를 잡은 지금.

"와하!"

예전에 기타를 잡았을 때 느꼈던 그 즐거움만큼은 아직까지 몸이 기억하고 있었다. 흥얼흥얼거리며 포크송을 부르던 단순한 취미가, 이제는 일이 되었다.

그러니 하루 종일 기타만 잡을 수밖에 나는 일정이 없는 날은 하루 종일 보컬 트레이닝과 기타 연습에만 매진했다.

손가락에 굳은살이 박이고, F코드를 넘어 하이 코드를 비교적 자유롭게 오갈 수 있는 수준이 된 1월 말. 〈7년의 기억〉 대본 리딩과 단체 회식이 잡혔다.

기존의 리딩과는 다른, 조금 특별한 날이다. 대한민국을 대표하는 연기파 배우들과 호흡을 맞춰보는 첫날이니까.

설강식, 여호석.

이제껏 현장에서 만나 본 적 없는 '무결점' 배우들. 30년 이상 연기 경력을 쌓은 명품 배우들이며, 함께 카메라 앞에 선다는 것 자체가 영광인 대선배들이다.

그래서 지금의 나는, 평소보다 두 배는 긴장된 상태로 영화사 〈너울〉의 사무실을 찾았다.

이런 세간의 관심에 비례하듯 사무실 로비부터 기자들이 가득 에워싸고 있었다.

그 모습을 본 재익이 형이 말했다.

"기자들 관심이 많을 수밖에. 오늘 리딩에 참여하는 주연배우 세 명. 도재희, 설강식, 여호석. 이들 대표작만 합쳐도 관객

수가 4천만이야. 영화 관람 불가 인구 빼면, 대한민국 국민 전부가 본 거나 다름없으니까."

총합 4천만. 2015년에 설강식 선배님이 참여한 영화 〈독립군〉이 1,700만 관객을 넘겼으니 가능한 수치다.

탁탁.

"기죽지 말고, 하던 대로만 하자."

재익이 형이 내 어깨를 두드리고는 매니저들 틈으로 사라졌다.

그래. 하던 대로만, 하자.

"잠시 지나가겠습니다."

나는 기자들 틈을 지나, 헛기침을 하며 리딩실 안으로 들어섰다.

기다란 테이블 여덟 개를 이어 붙인 넓고 네모난 공간. 상석에는 박진우 연출이 앉아 있었고 그 옆자리에는 신인 오디션을 통해 뽑힌 여배우 하윤이 앉아 있었다.

"어서 오세요. 도 배우님!"

"서, 선배님. 안녕하십니까!"

아직, 선배님 두 분은 들어오시지 않은 상황. 나는 박진우 연출과 반갑게 악수를 나누고, 하윤에게 인사했다.

"잘 지냈어요?"

"네!"

자리에 앉으니, 매니저들이 분주하게 움직이며 테이블 위를 다과로 채워놓기 시작한다.

평소의 리딩 같았으면 아무것도 표시되지 않은 깨끗한 대본을 적당히 펼쳐놓고, 여유를 부렸을 텐데, 확실히 상대가 상대라 그런지 조금 떨린다.

"고맙습니다."

생수 하나를 따 입술을 축였다.

설강식과 여호석. 이들과는 지난 시상식 때, 먼발치에서 얼굴을 보고 간단하게 인사를 나누긴 했지만. 본격적인 '작품'을 통해 마주하는 것은 오늘이 처음이다.

떨린다.

그때, 리딩실 문이 열리며 두 분이 동시에 들어섰다.

"오, 선배님!"

"어이고, 박 감독."

박진우 연출이 자리에서 벌떡 일어나 앞으로 걸어가 설강식, 여호석 선배님들을 반겼다.

선배님들은, 두꺼운 패딩을 걸치고 면도도 하지 않은 '일상' 그 자체의 내추럴한 모습으로 사무실을 찾으셨다. 특별할 것도 없는 평범한 인상이지만 어딘가 빛이 나는 것처럼 보이는 건 왜일까.

아마도, 눈. 이렇게 내공 있는 배우들의 가장 도드라지는 특징은 눈이다.

"……."

눈이 깊다.

무슨 생각을 하는지, 평소에는 알아채지 못할 만큼 다양한 감정을 품고 있는 눈. 본인 의사에 따라 완벽하게 컨트롤 되는 그 깊은 눈들이 내게 일제히 향했다.

"아."

나는 앞으로 걸어가 고개를 꾸벅 숙였다.

"안녕하십니까, 선배님들."

그러자 설강식 선배님이 이를 드러내 보이며 웃으셨다.

"으하하, 재희 씨. 세종극장에서 보고 처음인가?"

"네, 선배님."

"늦었지만 축하해요. 자, 어서들 앉자고."

그런 설강식 선배님이 하윤에서 시선을 멈추었다.

마치, '넌, 누구지?'라고 묻는 듯한, 눈빛에 하윤은 군기 바짝 든 여군처럼 차렷 자세를 취하며 말했다.

"아, 아, 안녕하십니까아! 신인 배우 하윤입니다!"

하윤은 극 중에서 비중이 크지는 않지만, 에피소드의 원인을 제공하는 중요한 역할. 첫 상업 작품부터 '로또'를 맞은 그녀는, 쳐다보기도 힘들 만큼 높은 곳에 있는 선배님들과 한 작품에 출연한다는 사실에 압도되어 버린 듯했다.

설강식 선배가 알았다는 듯 고개를 끄덕이셨다.

"아, '누나' 역할?"

"네, 네!"

"좋아요. 잘 헤보자고요."

"……네, 넵!"

감격이라도 한 듯, 주먹을 불끈 쥐는 하윤은 의자에 궁둥이를 붙이고 앉더니 넋 놓고 정면만을 바라보았다.

이미 얼음 상태다. 아마, 멘탈 마저 꽁꽁 얼어버린 듯했다.

그래, 나조차도 이렇게 긴장되는데 생판 신인 입장에서야 오죽할까.

설강식, 도재희, 여호석, 하윤.

박진우 연출은 리딩에 들어가기도 전, 주르륵 앉아 있는 이 라인 업을 보고는 흡족하다는 듯 말했다.

"이렇게 보고만 있어도 든든합니다. 잘 부탁드립니다. 선배님들."

그러자 여호석 선배님이 반색하며 말했다.

"응? 나는 박 감독만 믿고 있는데?"

"앗, 예?"

"우리 믿지 말라고. 그렇게 실력 좋은 사람들 아니니까."

여호석 선배님의 너스레에 좌중이 웃음바다가 되었다.

"으하하, 농담이야. 나도 열심히 해야지. 잘 쓴 작품에 소문자자한 배우와 참여하는데. 안 그렇습니까? 형님?"

"그렇지. 말년에 밥그릇 안 끊기려면 정신 바짝 차려야지.
으흐흐."

설강식 선배님 역시, 사람 좋은 미소를 흘리며 나를 바라보
았다.

그의 눈은 한없이 선한 눈을 하고 있었다.

"리딩 시작해도 되겠습니까?"

"하지, 하지."

하지만, 그 선한 눈이 180도 돌변하고, 냉혹한 살인자로 바
뀌자마자 주변 공기는 급변하기 시작했다.

"첫 번째 장면입니다. 오프닝 타이틀이 올라가기 직전, 까만
블랙 스크린에 들어오는 고급 구두. 또각또각. 지하주차장을
걷는 발. 하지만 술에 취한 듯 이따금 비틀거린다. 다리에서부
터 틸업 되며 얼굴이 드러난다. 잘빠진 양복을 차려입고, 거나
하게 취한 '살인자'. 멈춰선다. 풀샷에서 지하주차장. 그리고 드
러나는 또 한 명의 존재. 바로, '강준'."

리딩 시작과 동시에 무거운 공기가 양어깨를 짓누르듯 착 가
라앉은 사무실. 설강식 선배님은 무섭도록 차가운 눈으로 나
를 노려보며 말했다.

"너, 누구야?"

그리고 나는. 짐승 같은 호흡을 들이마셨다, 내뱉기를 반복

했다. 끓어오른다, 속 깊은 곳에서.

7년 만에 재회한 내 누나를 죽인 살인자를 만났다.

"껵! 나를 아시는가?"

"……"

이 뻔뻔함에 치가 떨린다. 나는 이제껏 언젠가 살인자와 재회하게 될 이 순간을 매 순간 상상하며 사회 가장 밑바닥에 웅크리고 살았는데, 이자는, 아무런 죄의식도 없이 룸살롱을 드나들며, 고급 승용차를 타고 다닌다.

개새끼!

닭똥 같은 눈물이 볼을 타고 흐른다. 주체할 수 없는 감정이 휘몰아치며, 나는 헐떡이며 말했다.

"이제부터, 알아가게 해줄게."

설강식 선배의 눈썹이 꿈틀거렸다.

꿀꺽.

리딩 현장을 참관하던 기자들이 침 삼키는 소리.

차르륵.

단역 배우들이 넋을 놓고 바라보다, 황급히 시나리오를 넘기는 소리.

"죽어."

"주, 준아! 그만!"

"죽어, 이 새끼야아아아!"

도재희, 설강식, 여호석. 세 명의 배우들이 실전을 방불케 하듯 내뿜는 거친 호흡 소리. 이 모든 소리가 한데 어우러져, 일종의 하모니를 만들어낸다.

리딩실을 가득 울리는 배우들의 다중창, 이 모습을 지켜보던 기자 한 명은 생각했다.

'미쳤어.'

영화 <7년의 기억>은 시작부터 종장까지 하이텐션을 유지한다. 한 시도 눈을 뗄 수 없는 몰입감. 영화의 엔딩을 보고 나면 관객들은 아마, 그대로 의자에 목을 기대고 누워, 숨을 뱉어낼 것이다. 그리고 같이 영화를 관람한 여자 친구를 한 번 바라보고 혀를 내두른 뒤에, 엔딩 크레딧까지 추욱 늘어진 채 앉아 있겠지.

영화에 흠뻑 취했던 러닝 타임. 자리에 앉아서 남아 있는 여운을 한껏 즐기다, 일어나면 곧바로 어디에라도 주저앉고 싶은 기분을 느낄 것이다. 지금 기자들이 그러고 있으니까.

"잠시 쉬었다가 마무리 짓겠습니다."

리딩 중반, 잠시 쉬는 시간이 주어졌는데도 자리에서 일어날 생각도 못 했다. 벌써부터 손은 땀범벅이다.

"뭐라고 써야 하지?"

"모르겠어요. 저도 시작도 못 했어요."

기자들 노트북 다수가 백지. 괜히 잘못 썼다간 영화에 흠집을 내지는 않을까, 배우들의 노고에 티라도 남지 않을까 싶어 쉬이 키패드를 두드릴 수 없었다.

그저 황망히 앞을 바라보며.

"나 대체 뭘 본 걸까."

중얼거릴 뿐이다.

"다들 왜 이렇게 열심히 해? 고작 첫 리딩인데."

"설강식 배우나 도재희 씨는 원래 리딩 때 최선을 다하기로 유명하잖아요."

"그래도 그렇지. 여호석 배우는 아니잖아. 쉬엄쉬엄하시는 분인데?"

"분위기 타신 게 아닐까요. 다들 살벌하니까요."

살벌했다. 고수들이 서로 한 수씩 주고받았다.

검, 창 할 것 없이 서로가 취할 수 있는 최선을 뽑아냈고 그 흔적들은 공기 중으로 날아가지 않고 그대로 쌓였다.

파다하게 퍼져 층층이 쌓여 있는 호흡. 남은 배우들은 자연스럽게 그 호흡을 받아먹기만 하면 된다.

"거, 살살하시지……."

위풍당당한 풍채에 걸맞지 않게 무사안일주의를 외치던 여호석 역시, 눈빛을 돌변하게 만드는 살벌한 리딩. 폭풍이 휘몰아친 전반이 끝났지만, 배우들은 여유롭게 웃고 있다.

"형님, 도 후배님? 이거, 살살 합시다. 회식 시작 전부터 녹초 되겠네."

여호석 선배의 너스레에 설강식 선배가 쓰게 웃었다.

그의 눈은 나를 향하고 있었다. 무슨 할 말이라도 있는 듯 보였는데, 설강식 선배는 자리에서 일어나 테이블을 돌아 나오며 내 어깨를 툭 두드리며 말했다.

"잘하고 있어."

그리고 여호석 선배에게 말했다.

"바람이나 좀 쐬지."

"밖에 추운데?"

"나오라면 나와. 우리 때문에 화장실도 못 가잖아."

"아, 아."

선배님들이 나간 자리. 사무실 문이 열리자, 찬바람이 조금 들어왔고 뜨거웠던 분위기가 조금 환기되기 시작한다.

"후, 쩔지 않아?"

"진짜 이 작품, 영광이다."

단역들이 숨을 돌리는 사이, 나는 그 자리에 앉아 조금 전의 상황을 되돌아보았다.

'마치, 벽.'

설강식 선배가 내게 1을 던지면. 나 역시 지고 싶지 않아 2를 던진다. 그러면 어김없이 3이 날아온다.

'더 해? 어디까지 하나 보자고.'

마치, 내게 채찍질이라도 하는 짓 같았다. 그런데, 그 한계를 알 수 없을 만큼 에너지가 무궁무진해 보인다.

여유롭기까지 하다.

"……"

나는 깨끗한 백지 대본을 들어 올렸다.

[영화 <7년의 기억>은 이미 흡수한 상태입니다.]

단순한 대본 이해도나, 연기의 재능 따위로는 측정할 수 없는 무게. 내가 철저하게 계산된 연기를 한다면, 설강식 선배는 본능적으로 연기한다. 마치, 짐승처럼.

내 머릿속에 주인공 '강준'의 인생이 가득 들어 있다면, 그의 속은 아마 텅텅 비어 있는 게 아닐까 싶을 정도다.

스펀지처럼, 내가 던진 호흡을 흡수해서 즉흥적으로 그 상황을 뿜어내는 거지. 온전히 '자기 것'으로 만들어서.

저렇게…… 연기 할 수도 있구나.

신세계를 발견한 느낌이다.

그리고 앞으로 어떻게 연기를 해야 할지도 감이 온다.

설강식은 흡연 구역으로 나가며, 대본에 무언가를 끄적이고 있던 박진우의 팔을 잡아끌었다.

"앗, 선배님."

"박 감독, 같이 담배 한 대 피우지?"

"네, 선배님. 옷만 챙겨서 나가겠습니다."

박진우가 패딩을 가지러 간 사이, 여호석이 중얼거렸다.

"밖에 추운데. 실내에서 담배도 못 피우고. 리딩 중에 자유롭게 피우던 예전이 좋았는데 말이야."

하지만 설강식의 귀에 그런 말이 들어오지 않았다. 조금 몽롱해진 시야가, 박진우의 재등장과 함께 밝아진다.

"어, 가지."

영화사 빌딩 주차장으로 나온 세 사람은 제각기 입에 담배를 물었다. 설강식이 물었다.

"그런데 도 후배 말이야."

"아, 재희 배우님이요."

"응. 그 친구 원래 연기를 그렇게 '기계적'으로 하나?"

"네?"

조금 뜻밖의 질문.

'기계적으로 하는 연기'가 무엇인지 잠시 고민하던 박진우는 고개를 갸웃거렸다.

"음, 글쎄요. 선배님 말씀의 의미를 잘 모르겠습니다."

박진우 연출이 만들어낸 세계관 속의 '강준'이라는 인물은 도재희가 완벽하게 구현해 낸다. 100점 만점에 100점.

그러자, 설강식이 가볍게 손사래 치며 말했다.

"아니, 오해하지는 말고. 못한다는 말이 아니야. 너무 잘해. 나 역시 리딩 중에 몇 번이고 놀랄 정도로. '와, 이 새끼. 이것까지 하네?' 놀랐다니까."

여호석이 받아쳤다.

"맞아. 소문대로 너무 잘하던데? 강식이 형이, 리딩 중에 지적 안 한 주연은 그 친구가 처음이야. 리딩 하면서 개 짖는 소리 하는 애들이 얼마나 많은데. 야! 너! 짖지 마! 짖지 말고 말을 해! 말! 낄낄낄낄!"

"……하하."

그런데 뭐가 문제일까.

박진우는 여전히 모르겠다는 얼굴이었다.

설강식이 말했다.

"그래서 문제지. 도재희의 인간미가 없잖아. 그 친구가 하는 말은 다 '강준'이야. 조금의 허술함도 안 보인다고."

"……아."

그제야 말뜻을 이해한 박진우는 고개를 끄덕였다.

배우에겐 각자의 시그니처가 있다. 하지만 도재희에게는 그

시그니처가 너무 다양하다. 한계를 종잡을 수 없을 만큼.

설강식 같이, 본인 시그니처를 가슴 속에 품고. 머리를 비우고 연기하는 '연기 괴물'과는 명백히 다른 연기 방식.

"그래서 리딩 중에 이것저것 다 시켜봤거든? 근데 그건 또 바득바득 따라오면서 다 해내."

설강식은 그런 도재희가 이상하게 보이면서도, 감탄할 수밖에 없었다. 조용히 듣고 있던, 박진우가 웃으며 말했다.

"제가 연기에 대해 잘은 모르지만……. 확실할 것은. 도 배우는 항상 고민하는 배우라는 점입니다."

고민. 어떻게 연기해야 할지에 대한 고민. 그리고 머릿속에 떠오르는 그 이미지를 그대로 체화할 수 있도록 훈련한 흔적이 항상 보인다.

목소리에 힘이 들어갔다.

"그래서 신뢰할 수 있는 배우죠."

"……."

감독의 신뢰에 설강식은 자신의 실수를 인정했다.

깎아내리려던 의도는 없었다. 그저, 젊은 배우의 믿기 힘든 연기에 감탄했을 뿐.

설강식이 씩, 웃으며 말했다.

"박 감독의 페르소나구만?"

페르소나, 감독의 분신이자 상징 하지만.

박진우가 활짝 웃으며 부정했다.

"아뇨."

다양한 시그니처를 가진 도재희는.

"저뿐만 아니라 세상 모든 감독의 페르소나 아닐까요."

설강식은 하나의 시그니처를 가지고 있다. 본인의 인간미. 그것을 극도로 살리면서 캐릭터를 자기식으로 해석해 낸다.

대중들이 흔히 알고 있는 말, 메소드. 그 인물이 되는 것.

잠시 휴식 끝에 재개된 후반부 리딩에서 나는 어깨에 잔뜩 들어가 있는 힘을 뺐다. 팔을 주무르고 목을 주물러 힘을 뺀 뒤, 눈을 감고 집중력을 단기간에 끌어올렸다.

이제껏 '강준'의 대사 그 자체에 집중했다면 이번에는 내 '말' 자체에 집중했다.

어차피, 대사는 머릿속에 흘러가고 있고 나는 강가에 떠다니는 낚시 배 마냥, 주유하다 대사 한 줄을 낚아채면 된다.

파바밧!

"왜 잡을 수 없는 건데요?"

아주 절묘한 순간에. 짜릿한 찰나의 순간에.

내 시선이 경찰관3에게 향했다.

"증거, 자백. 모두 받아냈는데 효과가 없다니요? 그게 무슨 말입니까?"

조금 삐걱거렸지만, 이후에는 점점 자연스러워지더니 자리를 잡기 시작했다.

"……."

설강식 선배의 눈이 일순간 가늘어졌다. 내 미묘한 차이를 알아차렸기 때문이리라.

이러한 줄다리기는 계속해서 이어졌다.

나는, 내 나름대로 연기에 대한 고민이었다.

설강식 선배의 연기력에 순수하게 감탄했으니까. 하지만 이러한 '감탄'은 나 혼자만의 생각이 아니었던 모양이다.

리딩이 끝나고 이어진 회식 자리.

가게에 먼저 도착하셨던 설강식 선배님이 내 등장에 손을 들어 올리며 말했다.

"일루와."

그러고는 자신의 옆자리에 꼭 앉혀버린다. 나는 황급히 그의 옆자리에 앉았는데, 같은 테이블에 앉아 있던 박진우 연출이 미소 지었다.

아무래도 내가 없는 사이 무슨 대화라도 오간 모양이다.

"너, 내가 말 편하게 해도 되지?"

술이 한두 잔 오가고 나니, 조금은 편해진 술자리.

나는 고개를 끄덕였다.

"물론입니다, 선배님."

그러자 설강식 선배가 입꼬리를 쭈욱 찢으며 웃었다.

"으흐흐 찍고 있는 영화에 출연하는 후배 놈들이 전부, 재희 얘기를 하는 거야. 미쳤다고. 그래서 어떤 사람인가 너무 궁금했는데."

"……"

"오늘 많이 배웠다."

탁탁.

내 등을 한 번 치시고는 술잔을 입에 털어 넣으셨다.

"……"

으레 있는 인사일지도 모른다. 하지만 이상하게 내 마음을 울린다. 아마도, 그 상대가 설강식이기 때문일 것이다.

지금의 대한민국 영화계를 만들어낸 일등공신이 나를 인정했기 때문이리라.

옛날 생각이 난다.

'쩔지 않냐? 어떻게 저렇게 연기하지?'

'와, 나도 저렇게 되고 싶다.'

고등학교, 대학생 시절, 대학로에 있던 시절. 여기 내 앞에 있는 선배 배우들이 나오는 영화를 보며 감탄했다.

저렇게 되고 싶었다.

내 우상. 우상이 내 앞에서 술잔을 들어 올린다.

"잘해보자고."

나는 소주병을 드려 술잔을 채워드리며 말했다.

"많이 가르쳐 주십시오."

그러자 뭐가 그리 기분 좋으신지 또 웃으신다.

"으흐흐."

여호석 선배님이 건배 제의를 하며 말했다.

"넌, '말'을 해서 좋아. 요즘 말도 못 하는 것들이 현란하게 짖어대느라 아주 귀가 아프거든."

"……감사합니다."

요컨대, 연기는 진실에 있다. 시그니처가 하나든, 둘이든. 뭐가 중요하겠는가. 내가 하는 '말'이 상대방을 움직이게 만들면 된다.

나는 오늘 설강식과 여호석을 움직였고, 그의 마음속에 드는 것에 성공했다.

이 아주 작고 미묘한 차이는 연기뿐만이 아닐 것이다.

아마도, 노래에서도 적용되는 부분이겠지.

그날 밤. 모르는 번호로 문자가 왔다.

1 213-925×-3×××.

확인해 보니, 발신 번호는 미국 LA.

-저를 움직였던, 그 진심으로 노래해 주길. lol

재익이 형이 물었다.

"누구야?"

나는 대수롭지 않게 웃어 던졌다.

"스팸이요."

"하여튼, 번호는 인터넷에 함부로 올리면 안 된다니까."

아마도 이 문자는 엘라니 오코너가 아닐까.

··· 9장 ···

한일전은 이겨야지

〈7년의 기억〉 대본 리딩이 끝나고, 내게는 약간의 공백이 생겼다. 박진우 연출은 촬영 로케이션 선정에 박차를 가했고, 전주에는 병원, 회사 로비, 고시원 등. 거대한 영화 세트가 세워졌다.

　박진우 연출의 영화 제국이 준비되는 그사이. 나는 짬을 내어 미국에 다녀와야 한다.

　그래, 오디션.

　공교롭게도 날짜는 〈7년의 기억〉 크랭크인 들어가기 직전이다. 결과는 영화 촬영 중에나 들을 수 있으리라.

　보컬 및 기타 트레이닝에만 전념하던 그사이 오디션용으로 쓸 곡이 정해졌다.

국내 인디밴드 A.narkey의 '이름 없는 새'. 대중적인 인지도가 있는 밴드도 아니고, 많은 사랑을 받은 곡도 아니다.

어디서 알았는지 보컬 트레이너 호성이 곡을 물어오더니, 내게 강력하게 추천했다.

"이 노래를 영어 버전으로 만들어서 가는 것이 어때?"

나 역시, 마음에 쏙 드는 노래였다.

"무명 밴드가 부른, 무명가수에 대한 노래네요."

"맞아."

유행을 따라가야만 먹고사는 무명 뮤지션의 설움을, 철 따라 날아가는 한 마리의 '새'에 비유한 서정적인 가사.

이와 대비되는 유쾌한 멜로디. Zap 하면, Crap이 터져 나오는 신나는 정 박자에 기타 코드도 어려운 편이 아니다.

"어때?"

고민은 길지 않았다. 유명 영화의 OST는 아무리 잘 불러도 장점보다 단점이 많은 법일 테니까. 미국인들에게 오리지널리티가 존재하는 곡은, 오히려 마이너스다.

"괜찮은데요."

거기다, 작곡가이자 밴드 리더는 'L&K 오디션용'이라는 말에 아주 흔쾌히 허락을 해주었다고 한다.

"사실, 그걸 겨냥하고 쓴 곡이거든요. 오디션. 마음껏 쓰시고 나중에 잘 되시면, 노래 제목 언급만 한 번 해주세요. 하하!"

원곡자의 허락도 있겠다, 거절할 이유는 없다.

"좋아요. 그럼, 이걸로 할게요."

그 뒤의 연습 스케줄은 모두 LA행에 맞춰 진행되었다. AR 버전에 목소리를 얹는 연습을 하고, 세션들과 함께 악보 보는 법을 익혔다.

집에서 휴식을 취할 때도 블루투스 스피커로 음악을 들었고. 스케줄을 오갈 때는 귀에서 이어폰을 빼지 않았다.

아무도 몰라요. No one knows.

내가 여기 앉아 있어도. Even if I sit here.

겨울이 지나도. Even after winter.

아무도 몰라요. No one knows.

I'm ordinary Bird man.

I'm ordinary Bird man.

음악은, 이렇게 극적인 효과를 가져온다. 자주 듣는 음악이라도 그 감흥은 변치 않는다.

나는 LA행 직항 A항공 퍼스트 클래스에 올라 창밖을 바라보았다.

"……."

북쪽으로 날아가는 새들이 유난히 많이 보이는 것은 감정적으로 변한 기분 때문일까. 유난히 하늘이 청명하기 때문일까.

2월. 겨울의 끝에서 있는 나. 계절을 따라 이동하는 새처럼, 하늘을 날아 미국으로 간다.

저를 움직였던, 그 진심으로 노래해 주길. lol

익명의 번호로 날아온 문자처럼 내 진심으로 바다 건너 있는 저들의 마음도 움직일 수 있길 다시 바라본다.

"한숨 푹 자."

재익이 형이 내게 인사하고는 이코노미로 사라졌다. 비공식 일정이었지만 혼자 여행을 하던 것 때와는 다르게 박찬익 팀장을 비롯한 기획팀장, 재익이 형, 스타일리스트 장 팀장님까지 동행한 비행. 나는, 이제는 조금 익숙해진 퍼스트 클래스 좌석을 뒤로 눕혀 몸을 뉘었다.

아무도 몰라요. No one knows.
나는 평범한 새. I'm ordinary Bird man.

노래 가사가 눈꺼풀을 잡아 내린다.

출발할 때가 오후 2시였는데 도착하니 오전 8시다.

"으아아아!"

시간을 거슬러가는 일은, 여전히 적응 안 되는걸.

따뜻하다고 느낄만한 날씨는 아니었지만, 확실히 한국에 비해 선선한 느낌이다. LA국제공항에 도착하고 공항 로비를 벗어나자, 주차장에 도착했다. 그곳에는 일전에 한국을 방문했던 UAA 에이전트 '빌'이 고급 리무진 밴을 이끌고 마중 나와 있었다.

"웰컴……! 어라?"

하지만 에이전트 '빌'은 내 뒤로 줄줄이 소시지처럼 따라붙는 스탭들을 보며 중얼거렸다.

"이런, 밴 한 대를 더 준비했어야 했나요?"

고작 오디션 하나에 L&K 핵심 인원이 대거 동행한 이유.

최고급 대우를 약속한 UAA를 향한 감시와 내 '기 살려주기'에 의미가 있다. 한국에서 절대 가벼운 대우를 받던 아이가 아니라는 것을 암묵적으로 말해주는 것. 유치해 보이지만, 이무택 대표가 꼭 필요하다며 요구한 지시사항이다.

'기면 기고, 아니면 아닌 거다.'

계약 제의가 들어왔을 때는 약자일지 몰라도, 계약한 순간부터 UAA와는 비즈니스 파트너다.

서로 돕되, 절대 함부로 고개를 숙일 수는 없다.

"다음부터는 차량을 두 대로 준비하죠."

에이전트 빌이 말은 그렇게 했지만, 사실 두 대로 나눠 탈 만큼 밴의 크기가 작지는 않았다. 하지만 박찬익 팀장은 그제야 만족스럽게 고개를 끄덕였다.

"오케이, 투 카. 투 카."

받아낼 수 있는 것들은 모두 받아내겠다는 의지였다.

공항에서 출발한 차량은 산타모니카 해변을 따라 북쪽으로 달리더니, 선셋 스트립으로 들어섰다. 에이전트 빌은, 숙달된 관광 가이드처럼 캘리포니아를 설명하기 시작했다.

이곳이 캘리포니아에서 요새 떠오르는 유흥가라느니, 낮보다는 밤이 화려한 곳이라느니. 우리의 목적지가 있는 영화사인 하이마운트 픽쳐스(HighMount Pictures)가 있는 할리우드에서 가장 가까운 웨스트 할리우드라는 등 관광가이드처럼 물 흐르듯 근방의 소개가 이어졌다.

"오늘은 푹 쉬시고, 내일 오전 11시까지 준비를 마치고 숙소 입구로 나오시면 픽업 차량이 도착할 겁니다."

그러고는 우리를 웨스트 할리우드의 호텔에 내려주었다.

"괜찮은데요?"

7성급은 아니지만, 5성급은 되어 보이는 깔끔한 호텔. 나이트클럽, 바, 오픈 형 펍 등이 주변에 있어 밤이 되면 조금 시끌벅적할 것 같은 분위기였지만, 나는 만족했다.

하지만 박찬익 팀장이 태클을 걸었다.

"잠시만요. 오디션 보는 배우들이 모두 이 호텔에 묵습니까? 똑같이? 그대로 통역해 줘요."

통역사의 통역에, 빌이 어깨를 으쓱이며 되물었다.

"그건 왜 물으십니까?"

"대답하세요. 앤서! 앤써!"

"왜 그래요?"

내가 묻자, 박찬익 팀장이 말했다.

"확실히 알아보라는 이 대표님 지시야. 미야모토 료가 묵는 숙소보다 싸구려는 아닌지 확인하라고."

"……."

아이고, 이 대표님. 안 그래도 된다니까요.

"네. 모든 인원이 웨스트 할리우드에서 묵습니다."

박찬익 팀장은 원하는 대답을 얻어낸 뒤에야 만족스럽게 미소 지었다.

"오케이."

"……."

만약, 내 오디션 경쟁자들이 더 좋은 호텔에 묵는다면 회사 비용으로라도 내 객실을 업그레이드시켰을 것이다.

그리고 눈치를 주는 거지. '이 정도는 되어야 합니다'라고.

"좋은 호텔을 요구하려는 게 아냐. 여기 사람들한테 미야모토 료, 그 일본 밴드 보컬보다 네가 낮게 평가되는 게 싫은 거지."

"뭐, 알았어요."

L&K 입장에서는 내 커리어가 달린 절박한 일인 만큼, 확실히 하려는 모양이다.

"이 정도는 부드럽게 넘어가자고."

재익이 형이 내 어깨를 두드리며 앞장섰고 나와 재익이 형은 웨스트 할리우드의 고급 호텔에 들어섰다.

박찬익 팀장과 스타일리스트 장 팀장님, 기획팀장님은 빌을 따라 UAA 사무실을 찾은 뒤, 하이마운트 픽쳐스를 미리 둘러보고 올 예정이다.

"고생하세요!"

"응, 푹 쉬고. 저녁은 같이 먹자."

"네."

박찬익 팀장이 걱정할 필요 없을 만큼 넓고 안락한 VIP룸. 웨스트 할리우드 중심에 위치한 호텔에서 가장 넓은 객실 중 하나인 이곳은, 과장 조금 보태서 달리기를 해도 될 정도다.

나는 선글라스를 벗어내며 빙그르르 몸을 뒤로 돌렸다.

"후!"

객실에서도 보이는 할리우드 사인(The Hollywood Sign).

영화의 메카, 할리우드. 드디어 입성이다!

나는 미니바에서 맥주와 감자 칩을 꺼내 들고 침대에 드러누웠다.

"우와."

네 명이 누워도 충분할 더블 킹킹 사이즈 침대. 나는 늘어지게 누워 기지개를 켠 후 과자를 집어 들었다. 주린 배를 과자로 채우려는데, 그러기 무섭게 노크 소리가 들려왔다.

똑똑똑.

영어와 한국어 사이를 고민하던 나는.

"……형?"

자신 없는 한국어로 대답했고, 곧바로 재익이 형의 목소리가 들려왔다.

"30분 뒤에 식사 올 거니까, 밥 먹고 푹 쉬어 알았지? 어디 나가고 싶으면 꼭 전화하고."

"아, 네. 형 고마워요!"

식사가 룸으로 들어오는 모양이다. 나는 마시려던 맥주를 내려놓고, 곧바로 욕실로 들어갔다. 간단하게 샤워를 마치고 머리에 물기를 털어내고 있으니 노크 소리가 들려왔다.

"네."

문이 열리고 호텔리어가 음식을 놓아주었는데, 내 얼굴만큼 커다란 햄버거와 피쉬 앤 칩스가 놓여 있었다.

나는 환하게 웃으며 말했다.

"Thank you."

식사를 마치고, 침대에 한참을 드러누워 음악을 반복해서 들었다. 그러다 쥐도 새도 모르게 잠이 들었다가 눈 떠보니 어느새 선셋 스트립에 석양이 깔려 있었다.

미국에 도착해서 하루 종일 잠만 자다니. 참, 많이도 잤다.

"으음."

나는 가볍게 세안을 마치고 시간을 확인했다. 저녁 7시에 식사를 하기로 했던가?

식당은 호텔 내부에 있는 레스토랑. 시간 맞춰 재익이 형이 내 객실을 찾았고, 나는 깔끔한 와이셔츠로 갈아입고 밖으로 나왔다.

"'La Seine'이라고 레스토랑이야."

"오, 고기."

식당의 한 귀퉁이에는 박찬익 팀장을 비롯한 스탭들이 자리하고 있었다.

"좀 쉬었어?"

"네. 하이마운트는 잘 다녀오셨어요?"

"응. 별거 없더라고. 그냥 좀 크다는 정도?"

별거 없었다는 말치고는 무용담이 끊임없이 나온다.

"하이마운트 픽쳐스. 완전 영화 왕국이라니까? 안에 스튜디오가 몇 갠지도 모르겠어. 세어볼까 했는데, 입구에 있는 스튜디오 번호가 21인 거 보고. 포기야, 포기."

"……."

아, 그러세요.

식사는 코스 요리였다. 식전 빵에 버터가 나오고 입맛을 돋우는 버섯과 과일을 적당히 익힌 에피타이저, 스프와 해산물 튀김 샐러드. 파마산 치즈 가루가 뿌려진 부드러운 감자 요리에, 적당히 익힌 소고기 스테이크에 레드 와인까지……. 배부르게 식사를 마치려는 무렵. 스타일리스트 장 팀장님이 시선을 한 곳에 고정시킨 채로 말했다.

"저기, 맞지?"

"응?"

박찬익 팀장이 고개를 돌려 보고는.

"와, 맞네. 맞네."

중얼거리며 턱짓을 하기 시작했다.

응, 뭐지?

나는 고개를 돌려 같은 곳을 바라보았다.

"같은 호텔에 묵는다는 말이 거짓말은 아니었네."

"……."

그래. 박찬익 팀장의 말처럼, 아시아의 별이라고 불리는 미야모토 료가 자신의 스탭들을 거느린 채, 같은 식당 테이블에 자리를 잡고 앉아 있었다.

재미있는 점은, 이들 역시 우리들을 의식하고 있었다는 것이다.

나와 미야모토 료의 눈이 마주쳤다.

그래, 내일 이후에.

한 명은 며칠 더 할리우드에 남고, 한 명은 돌아간다.

하지만 오디션 전에 시답잖은 기 싸움은 하고 싶은 생각이 없었기에 다시 고개를 돌리려 했다. 하지만.

"……"

미야모토 료의 입꼬리가 올라간다. 무슨 재미있는 얘기라도 들은 것일까, 싶었지만 미야모토 료의 눈은 나를 향하고 있었다.

조롱, 도발?

"뭐야. 저 새끼."

나이스! 내가 하고 싶은 말이었어.

스타일리스트 장 팀장님은 재수 없다는 듯, 중얼거렸다.

"깔보는 듯한, 눈은 뭐야? 머리는 촌스럽게 길러 가지고."

스타일리스트들은 말이 시원시원해서 좋다니까.

아무튼. 나 역시, 한껏 조소를 머금은 채 미야모토를 바라보았다. 그리고 손을 흔들며 눈웃음 지었다.

'안녕, 나 알지?'

도재희와 스탭들이 미국으로 떠났지만, L&K는 여전히 시끌벅적했다.

"지금 박찬익 팀장님이 해외 출장 중이셔서……. 네. 스케줄 확인은 가능합니다. 제가 조금 있다 전화를……."

"의상을 우리가 준비해야 한다고? 시대극인데? 잠시만. 내가 확인해 볼게. 여보세요? 장 팀장!"

"누가 미국을 진출해? 재희요? 아, 좀 기다리세요. 때 되면 알려드릴 테니까."

누군가의 빈자리를 채우며 더더욱 분주해진 회사. 대표실 분위기 역시, 크게 다르지 않았다.

이무택, 권우철. L&K 대표들이 모여 있는 곳에서 홍보팀장이 상황 브리핑을 시작했다.

"이미 일본에서는 미야모토 료가 할리우드 영화에 캐스팅된 것이나 다름없다고 기사 났어요."

"나도 봤어."

"미야모토네 회사인 TK도쿄 측에서는, 오디션 결과를 기다린다는 정정 기사를 냈는데도 현지 언론은 이미 확정 분위기에요. 그 과정에서 일부러 흘린 것인지, 유명 한국인 배우와 오디션 경쟁을 하게 되었다는 소식도 내보냈고."

홍보팀장의 말에 이무택 대표의 얼굴이 구겨졌다.

"미친놈들."

오히려, 도재희의 할리우드행은 일본에서부터 소식이 건너와 국내 인터넷 커뮤니티에도 심심찮게 등장하기 시작했다.

'도재희 미국 진출설.'
'할리우드 음악영화 오디션?'
'발표 난 사실은 아무것도 없음.'

비슷한 시기에 공항에서 찍힌 사진이 결정적이었다. 오디션 발표가 확정된 이후, 확정 기사를 쏟아내 깜짝 선물로 발표하려던 계획이 물 건너간 셈이다.

미리 언질을 좀 준다고 뭐가 큰일이냐 싶지만.

"벌써부터 누가 붙네. 누가 떨어지네. 난리에요 난리. 기자들도 계속 전화 오고. '스타 매거진'에서는 우리한테까지 비밀로 할 거냐고 독촉이라니까요. 어떻게 할까요?"

귀찮은 일들이 이렇게나 많이 발생한다. 이무택 대표가 신경질적인 목소리로 말했다.

"당분간 입 다물자고. 한 일주일? 이면 발표 나잖아."

"알겠습니다."

그러자, 권우철 대표가 말했다.

"이렇게 된 거 그냥, 확 질러버리는 건 어때요?"

"응?"

이무택 대표가 무슨 말이냐는 듯, 권우철 대표를 보았다.

"무슨 말이야? 지르다니?"

"재희, 믿으시죠?"

"믿지 그럼."

"그럼 우리 쪽 확정 기사도 같이 내는 거죠. 홍콩 무비스타와 아시아의 유명 밴드 보컬들을 모두 누르고, 과연 할리우드 진출에 성공할 것인가."

"……."

권우철 대표의 말에, 사무실에는 적막이 감돌았다.

"별론가요?"

권우철 대표가 '난 재밌는데'라고 중얼거리며 녹차라떼를 들어 올렸다.

"음, 이거 향 좋네. 카페 어디야? 처음 보는 로고네."

"아, 요 앞 골목에 새로 생긴 곳이요."

"그래? 가봐야겠네."

"……김 팀장 생각은 어때?"

"예?"

이무택 대표가 물어왔다.

"우철이 의견. L&K 홍보팀장으로서 어떻게 생각하냐고."

"음."

홍보팀장의 얼굴이 조금 굳어졌다.

"양날의 검이죠. 괜히 떨어지기라도 하면, 호전적인 대중들이 물타기 하지는 않을까⋯⋯. 국내 배우들 사이에서도 재희에 대한 평가가 명백히 갈리잖아요. 우상, 혹은 배알 꼴리는 후배. 지금 무결점 커리어에 상처만 남기면⋯⋯."

"그렇지. 설레발 쳤다가 뒤에서 욕먹으면 큰일이지."

"하지만, 붙으면 또 얘기가 달라지긴 하죠. 폴 안토니 감독 작품이니까요. 전작인 '포스팅 피아노'로 국내에서 재미를 본 감독이라 팬층도 두텁고⋯⋯ 재미는 있겠죠. 확실히 자극적이잖아요? 공짜 홍보 효과도 가져오는 셈이고."

장단점이 확실하다.

"으음."

대표가 둘이라, 의견이 매번 이렇게 갈리고는 한다.

이무택 대표가 인터폰을 들어 올렸다.

"2, 3팀장들 다 불러와."

그렇기에 독단적이고 무모한 판단은 없었다. 이것이 L&K가 업계에서 생존한 방식. 회의를 통해 단점을 파악하고, 장점만을 살린다.

2, 3팀장들이 대표실로 불려왔다. 가볍게 시작한 브리핑에서 기나긴 회의가 되었지만. 해답은 심플한 곳에 있었다.

"폴 안토니 감독 전작에 정답이 있더라고요."

"응?"

"정답은 아닌가? 어쨌든 해답?"

"뜸 들이지 말고 말해."

"포스팅 피아노의 주인공 역할을 맡은 '앙켈'이라는 배우도 피아노를 배우긴 했지만, 정말 어려운 곡들은 대역을 썼어요."

"오."

음악영화를 찍지만, 배우의 기본 역량은 '연기'.

"하지만 그건 주연이고. 이번에는 조연이잖아?"

"조연들도 대부분 음악과 관계없는 배우들이었어요."

"데뷔작이었으니까 유명 뮤지션을 섭외하기 힘들었던 것은 아닐까? 실제로 전문 뮤지션을 쓰고 싶었다면?"

일리 있는 지적이다. 〈포스팅 피아노〉를 성공시키며 하이마운트 픽처스와 인연을 맺어 지금의 〈아다지오〉까지 만들 수 있게 되었다. 전작을 싼값에 성공시켰고, 이제 폴 안토니 감독은 좀 더 큰 욕심을 부리고 있다. 물망에 오르는 배우들 네임벨류만 보아도 알 수 있는 부분이다.

"그렇게 따지면 예측할 수 있는 것은 아무것도 없어요."

"그건…… 그렇지."

"쉽게 생각하자고요. 말 그대로 뮤지션을 뽑는 오디션이 아니니까, 가능성이 높죠. 일본인 개가, 재희보다 연기를 잘할 수는 없을 테니까. 거기다 엘라니 오코너가 뮤직 총괄 아티스트잖아요. 재희랑 무슨 관계인지는 모르지만, 영화 OST 만드는 아티스트가 미리 점찍은 배우인걸요?"

"오, 맞아! 그걸 잊고 있었네?"

대중들은 미야모토 료의 우세를 점치지만, 실질적인 가능성은, 도재희를 향하고 있다. 기대를 걸어볼 만하다.

"어떡할까요? 질러볼까요?"

권우철 대표의 부추김에 이무택 대표가 눈을 가늘게 뜨며 물었다.

"하나만 물어보자."

"예?"

"넌, 재희가 얼마만큼 클 수 있을 것 같냐?"

"음, 어려운 질문이네요."

"난 한국에서도 충분하다고 보거든. 근데, 정말 미국에서도 여기만큼 해낼 수 있을까?"

이무택 대표는 순수하게 궁금하다는 듯 물었다.

"이제껏 성공한 배우가 하나도 없어. 당연한 말이지만, 거긴 미국인들의 땅이니까. 조승희도 실패했고. 설강식 선배님도 3년에 한 번씩 불러 다닌다더라. 고작, 악역으로."

그 질문의 끝이 권우철 대표에게 향했다.

"넌 뭘 보고 그렇게 믿는 거야?"

"……."

처음부터 궁금했다. 이 자식은 왜 재희 편을 드는 걸까?

권우철 대표는 가볍게 웃으며 말했다.

"저도 속으로 쓰려요. 그런데 어쩌겠어요? 재희 재계약 조건이 할리우드행을 말리지 않는 것이었는데."

"음? 고작 그런 이유로?"

"네, 뭐……. 시시한가요? 하하. 믿어야 하니까, 최선을 다해서 믿는 거죠."

그러고는 빙글빙글 여유롭게 웃었다. 물론, 실제 이유는 따로 있었지만.

도재희를 믿는 이유. 이미, 임주원과 드라마에서 시청률 싸움을 하던 시기부터 어렴풋이 느끼고 있었을 것이다. 작은 무대에서 시청률 놀이나 할 배우가 아니라는 것을.

자신이 생각하던 이상향을 모두 갖춘 배우니까. 더러운 욕심을 숨기지만, 결코 그 자리에 만족하지 않는다.

돈보다는 명예. 남다른 승부욕과 근성.

"재희가 얼마나 클지 궁금하다고 하셨죠?"

"응. 그래. 들어나 보자."

"사실 저도 모르겠어요. 얼마나 클지. 짐작이 안 가요."

"……쯧. 싱겁긴."

"하하, 그러니 지켜보자고요. 계속 믿으면서."

대화는 마무리되었다.

"기사 내보내자고."

이무택 대표의 말에, 권우철 대표가 양손을 크게 벌리며 소파에 드러누웠다.

"후아, 오늘은 일찍 퇴근하고 집에서 기도나 해야겠어요. 재희 오디션 붙게 해 달라고."

"무슨 재미없는 농담이야."

"정말인데? 자자, 시작하자고."

홍보팀장이 말했다.

"기자들 불러 모을게요."

미국 할리우드의 아침은 무언가 새로울 줄 알았건만, 특별히 다를 것도 없다. 호텔 조식 뷔페에서 아침 식사를 마치고, 통유리창 너머로 보이는 할리우드 사인을 바라보았다.

으음, 저걸 보기 위해 내가 미국에 왔구나.

컨디션은 딱 좋다.

어제저녁, 미야모토 료의 얼굴을 확인하고 나니 묘하게 자신감이 더 생긴다. 일본 언론에서 만들어진 이미지처럼, 친근감 넘치고 재기발랄한 천재 뮤지션으로 보였다면 오히려 걱정했을 텐데. 하는 짓은, 자기를 과시하고 드러내기를 좋아하는 영락없는 졸부 스타다.

나는 식사를 마치고 스트레칭으로 하루를 시작했다.

객실이 넓으니 이런 게 좋구나.

웃차!

찢어지지 않는 다리도 찢어보고, 샤워를 하며 잠겨 있던 목도 풀었다. 스킨로션을 바르며 최대한 얼굴 근육을 부드럽게 풀어주고, 스타일리스트 장 팀장님이 정해준 의상을 챙겨 입었다.

흰 와이셔츠 위에 스트라이프 카디건. 짙은 자주색 롱코트에 검은 면바지. 그리고 시간 맞춰 호텔 앞으로 나왔다.

"어! 여기!"

우리 측 스탭들이 줄지어 있다. 그리고 멀지 않은 곳에는 미야모토 료의 크루들과, 동아시아 각지에서 오디션을 위해 모인 스타들이 대기하고 있었다.

기분이 이상한데.

"왜 웃어?"

"음, 긴장돼서요."

국가대항전이라도 치르는 기분인데.

스타일리스트 장 팀장님이 바람에 갈라지는 내 앞머리를 잡아주며 물었다.

"재희는 긴장되면 웃어?"

그러자, 재익이 형이 웃으며 말했다.

"애 가끔 이상하다니까요."

"……."

고오맙다.

에이전트 빌은 약속한 시간에 맞춰 약속한 대로 리무진 밴을 두 대 끌고 나타났다.

"출발하시죠."

"고맙습니다."

우리는 차량 두 대로 나눠 타고 웨스트 할리우드를 벗어나 할리우드 깊숙한 곳으로 들어섰다.

미국 영화 산업에서 절대 빠질 수 없는 곳. 영화사 오프닝 로고마저 우리에게 친숙한, 할리우드 3대 영화사인 하이마운트 픽쳐스는 멀지 않은 곳에 있었다.

"투어 리스트를 위한 코스도 있습니다."

디즈니랜드처럼, 어느새 LA를 대표하는 랜드마크인 이곳은 관광객들을 위해 개방된 공간도 존재했다. 한국에 세 개, 네 개씩 있는 거대한 스튜디오는 수십 개가 모여 있고 스튜디오 내부 길거리 곳곳이 영화 야외 세트장이나 다름없다.

이곳에서만 영화를 찍어도 각기 다른 장르 영화 여럿을 찍을 수 있을 만큼, 거대한 영화 제국.

"한국과는 비교할 수 없네요."

"맞아, 인정하긴 싫지만…… 비교 불가야."

한국 전주에서도 〈7년의 기억〉 실내 세트가 올라가고 있는데 스케일이며 세트 퀄리티 자체가 비교 자체가 불가능한 수준이다.

"이래서 할리우드, 할리우드 하는구나."

그때, 박찬익 팀장이 휴대전화를 확인하더니 말했다.

"재희, 오디션 보는 거 기사로 내보내겠다는데? 아마 일본에서 먼저 소스가 흘러나와서 공개하기로 했나 봐. 재희만 오케이 하면, 바로 기자들 소집."

"에, 정말?"

나를 제외한 모두가 놀란 표정을 지었다.

하지만, 나는 순순히 고개를 끄덕였다.

"저는 상관없어요. 이유가 다 있겠죠."

"일단은, 오케이!"

오디션은 소개팅이다. 막상 뚜껑을 열었는데, 나와 맞지 않는 소개팅 상대가 아니라 실망할 수도 있고, 내 쪽에서 먼저 거절할 수도 있다.

하지만, 세상에 결혼 상대가 이 사람 딱 하나라면 얘기는 달라지지. 죽어라 싸워서 쟁취하는 거다.

할 수 있는 것은 다 해봐야지.

"한국에서 설레발들 장난 아니겠네. 무조건 이겨야지!"

"재희야! 가자!"

"……"

내 싸움은 더 이상 개인의 오디션이 아니게 되었으니까.

차에서 내려 하이마운트 픽처스 오디션이 있는 3세트장으로 들어섰다. 3세트장 분장실을 사용하고. 오디션은 4세트에서 치를 예정이다.

"재희야, 머리하자."

조금 러프하고 부스스한 느낌으로 머리를 만져주겠다는 장팀장님의 말에 나는 분장실로 따라 들어갔다.

분장실 안에는 이미 미야모토 료와 크루들이 잔뜩 앉아 있었다. 들어서는 우리를 보며 일본어로 떠들기 시작했다.

한껏 뽕을 집어넣은 부푼 머리. 눈에는 짙은 스모키 화장을 그리고 있는 미야모토 료는 분장만 보아도, 어떤 식으로 오디션을 치를지 눈에 보인다.

나, 아시아의 별이야.

하지만 나는 반대다.

'신인의 마음으로.'

완벽한 신인의 자세로 오디션에 임할 예정이다.

도재희는 한국에서나 먹히던 이름이니까.

"시작할게."

뜨끈한 헤어드라이어 바람이 머리를 적셨다.

··· 10장 ···

오디션의 내정자

배우 도재희가, 신인 'JaeHee'로 바뀌기까지 15분이면 족했다.

"어때? 정리한 듯 안 한 듯한 느낌으로 만져봤는데."

원래 머리가 가지런하게 똑 떨어지는 생머리였다면, 물기 젖은 상태로 잠들었다가 일어났을 때의, 그 부스스한 머리로 변했다. 내가 원하던 스타일이다.

"장 팀장님 실력은 의심할 여지가 없죠."

"후후."

세팅을 끝내고 비좁았던 분장실을 벗어나 대기실로 안내받았다. 대기실은 가운데가 널찍하게 뚫려 있고 의자들이 줄줄이 놓여 있는 콘서트홀에 가까웠다.

모든 오디션 참가자들은 크루와 함께 이곳에서 대기한다.

"개인 대기실은 없습니까?"

하지만, 미야모토 료 측의 스탭과 에이전트가 충돌했다.

"오디션 내용은 저희 UAA 소관이 아니라 하이마운트 픽쳐스 소관이라……. 어찌할 방법이……."

"이거 곤란하네. 료가 개인 대기실을 요구한다고요."

아시아의 별은 당당하게 대기실을 요구한다. 그리고 우리는, 이런 자의 말로가 어떤지 익숙하게 보아오지 않았던가.

그런데, 송문교 때와는 조금 다르다.

"줘 버려."

일본의 크루는 끈질긴 요구 끝에 결국, 4스튜디오에 딸려 있는 조그만 방을 개인 대기실로 얻어내었다.

"오디션 보러 와서 저게 무슨 짓이야?"

"와, 저게 갑질인가."

"신경 쓰지 말자고요."

"어떻게 신경을 안 써? 하이마운트 쪽에서 특혜를 허락한 것이나 다름없는데."

"……."

그래. 이것으로 영화사에서 가장 기대를 걸고 있는 오디션 참가자가 누구인지 확인되었다. 적어도, 여기 함께 모여 있는 스타들은 아닐 것이다.

같은 오디션 상에 있지만, 이미 출발 라인업은 다른 이들.

회사와 동행한 일부 참가자들이 반발하며 자신들도 대기실을 요구하고 나섰지만, 우리 쪽은 잠자코 있었다.

"저게 중요한 게 아니에요."

중요한 것은, 지금 '오디션 참가자의 권리'를 내세우는 것이 아니다. 저쪽이 오히려 내게 아쉬워졌을 때, 그때 '요구'해야 말에 힘이 생긴다. 덕분에 대기실에는 나와, 회사가 없는 무명배우들이 전부였다.

오디션이 시작되었다.

오디션 순번은 임의로 지정되었다고 말했지만, 돌아가는 모양새를 보니, 떨어질 확률이 높은 쪽이 앞에 배정되었다.

중국계 미국인 그룹이 오디션을 위해 대기실을 빠져나갔고, 불려 나간 지 3분도 되지 않았는데 대기실로 돌아와 짐을 싸기 시작했다.

"벌써 끝난 거야?"

"노래 한 곡도 다 안 들은 것 같지?"

그들의 얼굴에는 아쉬움과 실망감이 역력했다. 이후에도 마찬가지였다. 동남아시아, 중국, 뉴욕 등지에서 모인 십여 명의 배우들이 빠르게 줄어들었다.

이들의 공통점이라면, 실패의 쓴맛을 본 얼굴들이라는 점.

그중에는 홍콩 배우로 제법 인지도가 있다는 '라이킨 방'도 포함되어 있었는데, 그는 오디션을 죽 쒔는지 욕지거리를 내뱉기 직전의 얼굴이었다. 불쾌함, 역겨움 따위의 감정들이 그의 심경을 대변하고 있었다. 대체 무슨 일일까?

그가 내게 다가와 말했다.

"한국의 재희 맞죠?"

"아, 네."

"이 오디션, 기대하지 마요."

"……네? 왜죠?"

"이미 시작도 전에 끝난 오디션이에요. 내정자가 있으면서 부르긴 왜 부른 거야? 퍽킹 아메리카!"

"……."

내정자?

더 묻고 싶었지만, 라이킨 방은 화를 주체하지 못하며 자신의 크루들을 데리고 스튜디오를 나가버렸다.

박찬익 팀장이 난리가 났다.

"저게 무슨 말이야? 내정자가 있다니?"

"……모르겠어요."

"내정자가 있는데 UAA에서 우리를 불렀다고? 말이 안 되잖아? 이미 한국에 기사 쫙 나갔을 텐데?"

"아, 뭔 일이야? 느낌 싸한데."

그리고 남아 있는 오디션 후보는, 나와 미야모토 료.

단둘뿐이었다.

한 명이 오디션을 보러 들어가면, 그 뒤 순번은 복도 의자에 앉아서 대기했는데 내가 호명되고 나가자, 의외로 내 앞에는 미야모토 료가 서 있었다. 가죽 재킷에 번들거리는 유광 팬츠를 입은 그는, 여유 만만한 얼굴로 귀에 이어폰을 꽂은 채 건들거리고 있었고, 옆에는 매니저가 일렉기타 케이스를 맨 채로 서 있었다.

누가 먼저지?

그때, 오디션장의 문이 열리며 여자 크루가 한 명 나와 이름을 호명했다.

"미야모토?"

"……."

미야모토 료가 먼저였다. 귀에서 이어폰을 뺀 미야모토 료는 매니저에게서 일렉기타를 받아들었다. 그리고 스튜디오 문이 열리자 당당한 걸음으로 걸어 들어갔다.

쿵!

스튜디오 문이 닫히고, 나와 우리 스탭들은 의자에 앉아 대기했다. 우리 맞은편 의자에는 TK도쿄, 즉 미야모토의 기획사 스탭들이 앉아 있었는데 뭐가 그리 기분 좋은지 얼굴이 싱글벙글이다.

내 옆에 앉아 있던 장 팀장님이 중얼거렸다.

"아, 불안하게 뭘 웃어대?"

확실히, 어딘가 믿는 구석이라도 있는 눈치였다.

일본어를 조금 아는 기획 팀장님이 말했다.

"쟤들, LA에 집 어디로 구할지 알아보고 있는데요?"

"벌써, 붙었다고 생각하는 건가? 무슨 수작을 부린 거야."

나는 최대한 담담하게 이를 받아들였다.

"신경 쓰지 마세요."

미국 도전이 순탄치 않을 것이라는 건 이미 예견했다.

여기서 내가 힘이 빠져 버리면 안 된다. 3년 전, 한국에서와
는 또 다른 상황이지 않은가. 한국에서는 철저하게 혼자였지
만, 지금은 이렇게 나를 믿어주는 사람들이 많다.

"준비한 거, 잘하고 나올 테니까."

"……그래, 재희야."

끝날 때까지 끝난 것이 아니다.

미야모토 료의 오디션은, 장장 10분 가까이 진행되었다. 문
이 열리기만을 기다리는 인고의 시간이 천천히 지나갔다.

그때, 끼이익, 텅!

굳게 닫혀 있던 스튜디오의 철문이 열리고 예의 그 여자 크
루가 명단을 손에 들고 앞으로 걸어 나왔다.

그 뒤로, 미야모토 료가 걸어 나왔는데.

"……"

어딘가 표정이 심상치 않았다.

들어가기 전의 기세등등한 표정이 아니라, 성가신 모기 한 마리가 자신을 따라다니는 듯, 신경질적인 얼굴이었다.

"재희?"

여자 크루의 호명에 내가 자리에서 일어났다. 그리고 재익이 형에게서 어쿠스틱 기타를 받아들어 어깨끈을 몸에 고정시켰다.

그때, 미야모토 료가 내 앞에 멈춰 섰다.

"……."

그는 내게 무언가 할 말이 있는 듯한 얼굴이었지만, 참는다는 투로 거친 숨을 뿜어내더니 이윽고 몸을 돌렸다.

"……뭐야?"

"……."

나는 확실히는 알 수 없었지만, 저들의 의도대로 오디션이 움직이지 않았다는 확신 하나는 얻을 수 있었다.

"다녀올게요."

"화이팅!"

"아자자!"

그리고 별다른 모션 없이, 여자 크루를 따라 스튜디오 안으로 들어갔다. 넓지만, 먼지 때문에 텁텁한 공간이었다.

실내에는 기다란 테이블에 네 명의 프로듀서들이 앉아 있었고, 실내조명들이 크로마 배경을 비추고 있었다. 가운데 마이크가 세워져 있고, 사이드에는 드럼이며 베이스 같은 세션들이 앉아 있었다.

'라이브도 하는 건가? 그런 말은 없었는데.'

나는 긴장된 기색을 지우고 십자 모양으로 테이핑 된 액팅 존 안으로 들어섰다. 그러자 뒤따라 들어온 UAA 에이전트 빌이 테이블에 앉아 있는 프로듀서들에게 설명했다.

"저희 측, 마지막입니다."

나는 정면의 프로듀서들을 바라보며 환하게 인사했다.

"반갑습니다. 한국에서 온 도재희입니다."

"반가워요."

그리고 또 한 번 놀랐다.

테이블에 앉아 있는 프로듀서 중, 마스크를 쓰고 앉아 있는 여자 한 명이 있었는데 그녀가 누군지, 나는 단번에 알아보았으니까.

엘라니 오코너.

그녀가 장난스럽게 눈웃음 지으며 나를 바라보고 있었다. 나와 눈이 마주치자 마스크를 내리더니, 환하게 웃어 보였다.

그리고 들리지 않게끔, 입 모양으로 말했다.

'오랜만이네요.'

나 역시, 환하게 웃으며 화답했다.

으음, 거의 석 달 만에 만나는 건가?

프로듀서들의 소개가 이어졌다. 하이마운트 픽쳐스의 기획 팀장, 폴 안토니 감독, 인물 조감독과 뮤직 총괄 아티스트까지. 분명, 어려워야만 하는 자리지만 이 중 한 명을 알고 있다는 점이 마음을 편안하게 만든다.

인물 조감독이 내게 말했다.

"영화에 대해서는 들으셨지요? 음……. 어떤 영화인지."

"네."

"아메리칸 드림을 실현하고자 미국에 왔지만, 몇 년간 실패만 맛보는 동양인 뮤지션입니다. 포지션은 보컬과 서브 기타리스트. 연기도 중요하지만 아티스트로서의 역량도 증명해야 하는 오디션입니다. 준비되셨나요?"

준비되었냐고?

"네."

물론이지.

"오케이, 그럼 우선 듣고 시작할게요. 악보는……. 어디 보자. 아, 여기 있군요. 'UnKnown Bird'? 자작곡인가요?"

"아닙니다. 한국의 굉장한 밴드의 곡을 빌려왔습니다."

굉장히 인지도 있지는 않지만, 굉장한 곡을 쓰는 밴드임은 부정할 수 없지.

"오호. 라이브로 들어보도록 하죠. 괜찮죠?"

조감독이 세션들을 가리키며 말했다.

나는 빙긋, 웃으며 고개를 끄덕였다.

"물론이죠. 잠시만요. 10초만 주십시오."

"얼마든지요."

나는 연주에 들어가기 전, 잠시 눈을 감았다.

그리고 되돌아보았다. 근래, 마치 이 오디션을 잘 치르라고 말하기라도 한 것처럼 나는 수많은 경험을 했다.

런던에서 무명 버스커들에게 음악의 아름다움을 몸소 배웠고. 내가 직접 뽑은 무명배우들은 '투지'를 연기했다. 이들의 삶을 다큐멘터리 형식으로 내 목소리에 담아 격려하기도 했고. 이제는, 이들의 위치가 되어 직접 노래한다.

마치, 인생을 이끄는 연기의 끈이 나를 이 오디션장으로 안내한 것 같은 지난 삶.

무명 뮤지션을 연기하라고?

이들의 삶은 이미 내 안에 있는데, 내가 노래하기만 하면 되는데. 이들의 삶을, 내가 인정하기만 하면 되는데.

"후."

나는 눈을 뜨고 세션들과 간단하게 코드를 맞추고. 들어가는 템포를 확인했다.

그리고.

"시작할게요."

프로듀서들을 향해 말했다.

드러머가 스틱을 탁, 탁, 탁, 탁 정박에 맞춰 두드렸고 정확한 박자에 심벌즈를 강하게 내려쳤다.

징!

동시에 울려 퍼지는 베이스. 앰프에 연결한 내 기타는, 일렉이 아니라 어쿠스틱 기타.

날카로운 느낌을 지우고, 조금 더 풍성하고 따뜻한 느낌을 내기 위한 내 선택이다. 따스하면서도 유쾌한 멜로디가 귓가를 울리고 골백번도 더 불렀던 가사들이 머릿속을 빠르게 스쳐 지나간다.

나는 빠르게 오른손을 스트로크 하며 마이크 앞에 얼굴을 파묻었다.

"아무도 몰라요. No one knows."

앰프를 타고 내 목소리가 퍼져나갔지만 이어폰으로 한쪽 귀를 막아둔 내 귓가에서는.

들린다. 내가 마주쳐왔던 무명들의 외침이.

나는 그냥 이들의 심정을 대변하기만 하면 된다.

내가 여기 앉아 있어도. Even if I sit here.

겨울이 지나도. Even after winter.

아무도 몰라요. No one knows.

책을 흡수하지 않아도 연기할 수 있다.

설강식 선배만이 가진 '시그니처'처럼.

도재희만이 가지고 있는 '시그니처'로.

이제껏 내가 피부로 느낀 삶으로도 유쾌한 멜로디에 숨어, 나는 계속해서 고통을 외쳤다.

I'm ordinary Bird man.

I'm ordinary Bird man.

평범한 새, 이름 없는 새, 백조를 꿈꾸지만 남들 따라 움직이는 새 한 마리.

최대한 진심을 다해서. 담담하게.

3분여의 시간이 번갯불 스치듯 빠르게 지나갔다.

어떻게 노래했는지, 기억할 수 없을 정도로 몰두한 3분. 노래를 마치고, 감흥을 채 지우지 못한 채 눈을 뜨자.

"……."

마스크를 완벽히 내리고 나를 바라보는 엘라니 오코너와 황당하다는 얼굴로 내 프로필을 들어 올리는 하이마운트 직원. 손뼉을 치며 환호하는 조감독.

그리고.

"미장센!"

미장센(영화, 무대 용어. 빼어난 화면 구성)이라고 연호하는 폴 안토니 감독을 마주했다. 폴 안토니 감독은 얼굴을 잔뜩 붉히며 흥분했다.

"예술 그 자체! 배역 그 자체! 이대로 카메라에 담아도 될 만큼 완벽한 그림입니다!"

"……."

아, 내가 될지도 모르겠구나.

[국내 섭외 1순위 배우에서, '신인'으로 돌아간 도재희.]

이무택 대표는 포털사이트에 도재희를 검색한 후, 뜨는 기사들을 꼼꼼하게 확인하며 말했다.

"다시 신인으로 돌아간 도재희……? 제목이 뭐 이래?"

"끝까지 읽으셔야죠. 끝없는 도전! 희망차잖아요?"

[도재희의 끝없는 도전! 돌연, 할리우드행(行). 한국과 미국 오가며 영화에만 집중.]

[도재희, 〈포스팅 피아노〉의 폴 안토니 감독의 차기작 미팅 진행 중.]

[라이벌은 밴드 '초코버스터' 2기 보컬. 미야모토 료.]
['음악영화?' 상대가 너무 강한 것 아니냐, 의견 분분.]

네티즌 반응은 다수가 응원하는 듯 보였지만, 일각에서는 우려의 목소리도 있었다.

'음악영화 도전? 상대가 너무 강하다.'
'할리우드 진출은 시기 상조. 제2의 조승희가 될 것.'

"제2의 조승희가 될 것? 평론 쓴 인간은 누구야?"

"전진조라고. 프랑스에서 영화 공부한 엘리트 출신 평론가인데……. 도재희가 실패할 것이라고 난리네요."

"생쥐 같은 놈. 물 들어왔으니 노 저어 보겠다, 그건가?"

"예상 못 했던 반응도 아닌데요. 뭘."

그래. 이 정도 반응은 딱, L&K에서도 예상한 그대로였다.

도재희라는 이름이 가지고 있는 국내 인지도 때문. 원래 대어가 시장에 나오면, 꼬리 하나라도 떼먹으려는 자들이 생기게 마련이다.

이무택 대표는, 지난 엔터 생활 20년간, 이런 자들을 수없이 많이 보아왔다.

"그래. 마음껏 떠들라고 하라고. 누가 관심이나 가지나."

"네, 그래서 푸쉬도 안 할까 봐요. 뚜껑 까고 재희가 오디션에 붙으면. 오히려 엘리트 평론가 자존심에 스크래치 좀 생기지 않겠어요?"

"좋아. 코 한번 깨져봐야 나중에 함부로 못 떠들지. 이제 붙기만 하면 되는데……."

장작에 불씨는 던졌다. 기름도 확실히 부었다. 타지 않으면, 장작 탓이지만. 그 책임은 장작을 주워온 L&K도 함께 져야 할 것이다.

"아직 연락 없지?"

"네. 지금 시간이면……. 오디션은 끝났을 텐데 아직 전화 없는 것 보면……. 어라? 잠시만요."

홍보팀장이 황급히 전화기를 들어 올렸다.

"여보세요? 네, 박 팀장님! 말씀하세요."

"박 팀장? 박찬익이?"

이무택 대표가 잔뜩 긴장한 얼굴로 빠르게 되물었다.

"미국이야? 뭐래?"

홍보팀장이 결연한 얼굴로 물었다.

"안 그래도 지금 대표님이랑 같이 연락 기다리고 있었는데……. 어떻게 됐어요?"

꾸며낸 기교도, 세련된 목소리도 필요도 없었다.

그냥 '무명 뮤지션'이 되어 진심을 다해 노래한 순간, 그 찰나의 순간이 끝나자, 폴 안토니 감독은 나를 면전에 세워둔 채로 민망한 말들을 쏟아내기 시작했다.

"믿을 수가 없군. 대체 저런 배우는 어디서 나온 거야? 왜 애초에 후보에 안 올랐는지 이해할 수가 없군."

"……."

하하, 앞에 세워놓고 민망하게. 다 들려요.

폴 안토니 감독은 엘라니 오코너를 바라보며 말했다.

"도대체 저런 배우를 어디서 찾은 겁니까? 오코너 씨 아니었으면 놓칠 뻔했어요."

엘라니 오코너가 무표정한 얼굴로 대수롭지 않게 답했다.

"유튜브요."

그리고 나를 보며, 배시시 웃어 보인다.

"유튜브?"

폴 안토니 감독은, 어리둥절한 얼굴을 지어 보였고 나는 덩달아 웃었다.

하하, 그렇지! 유튜브. 거기서 보았지!

"그거, 어디서 볼 수 있어요?"

감독은 기어코 유튜브에서 확인하기까지 했다. 내가 서 있자, 조감독이 내게 의자를 가져다주며 엄지를 치켜들었다.

"최고였어요. 정말로."

"감사합니다."

그리고 유튜브 동영상이 플레이되는 3분여의 시간 동안 나는 잠자코 앉아 기다렸다.

이번 오디션. 내 능력을 빌리지 않고, 온전히 내 '노력'을 통해 심은 씨앗이다. 이 결실이 어떻게 되든지 간에, 지금 당장은 후련한 기분.

뭐, 사실.

"찾았다, 찾았어!"

……이미 붙은 것 같지만.

폴 안토니 감독은, 미친 듯이 환호했다. 2002년 월드컵에서 선수들이 골을 넣자, 날뛰듯 기뻐하며 환호하는 히딩크 감독처럼. 자리에서 일어나 허공에 어퍼컷을 날린다.

휙! 휘익!

폴 안토니 감독은 음악을 전공한 영화감독답게, 어디로 튈지 모르는 자유분방하고 화끈한 구석이 있다.

"막! 그림이 떠오르지 않아요?"

엘라니 오코너가 말했다.

"후후, 감독님. 제가 말씀드렸죠? 어차피, 오디션 볼 필요도 없을 거라고."

"……."

응? 그게 무슨 말이야?

하지만 크루들 사이에서는 이미 얘기가 끝난 대화인지, 폴 안토니 감독이 멋쩍어하며 말했다.

"맞아요. 오코너 씨, 말이 다 맞아요. 재희는 배역과 완벽하게 일치해요. 오디션을 볼 필요도 없었을 만큼."

그리고 하이마운트 배급 팀장도 UAA 에이전트를 쏘아보며 거들었다.

"무명 뮤지션을 뽑는데 왜 록스타를 데려왔어요?"

"네?"

"그 일본 록스타 말입니다."

"그, 그게……. 저희도 예상치 못한 일이었어요."

"이번 일은 확실히 기억할 겁니다. 믿으라고 자신 있다고 말해놓고는……. 오디션의 기본도 안 된 사람을 데려왔으니까요. 재희가 아니었으면 오디션 다시 봤어야 했어요."

"……."

뭐라고? 잠시만.

나는 오디션에 이미 '내정자'가 있었다며 잔뜩 뿔이 난 채 LA를 벗어난 홍콩 배우가 떠올랐다.

나는 당연히 그 '내정자'라는 것이 '미야모토 료'라고 생각했지만, 오히려 하이마운트 측은, '록스타를 데려왔다'며 에이전트에게 핀잔을 주고 있다.

그럼 뭐야. 이건…….

"역시, 오코너 양의 안목은 믿을 수 있군요."

"후후, 고맙습니다."

"……."

설마, 내가 '내정자'였어?

아무래도 그런 모양이다.

엘라니 오코너가 일찌감치 점지해놓은 배역. 그 배역을 뽑는 오디션에서 그녀는 잘 알지도 못하는 나를 주저 없이 추천했다.

음악영화의 상징은, 역시 음악. 그 음악을 전체적으로 만드는 엘라니 오코너의 영향력은 말해 무엇할까.

그녀의 강력한 추천. 그리고 그 추천을 부끄럽지 않게 만드는 내 무대까지.

'완벽한 미장센!'

한마디로, 예술이었다 이거지.

폴 안토니 감독이 흥분감을 감추지 못하며 말했다.

"후, 진정이 안 되는군요. 오디션 발표는 원래는 재희가 한국으로 돌아가고 난 뒤, 추후 연락을 하는 것이 보통이지만…….혹시라도 그사이에 재희의 마음이 변할까 봐 걱정입니다. 괜찮으시다면, 이 자리에서 확답을 주시겠어요?"

"……."

오히려, 영화 〈아다지오〉 측에서 내게 영화에 참여할지 말지, '확답'을 달라고 말하고 있다. 10분 만에 완벽하게 판이 뒤집혔다.

저쪽이 오히려 내게 아쉬워졌을 때, 그때 '요구'해야 말에 힘이 생긴다고 했지. 내가 조금 전 다짐했던, '권리'가 생긴 것이다. 패를 내가 들고 있지만, 비싸게 굴 필요는 없다.

"감사합니다. 저도 이 영화에 꼭 참여하고 싶습니다."

내 시원시원한 대답에 폴 안토니 감독이 자리에서 벌떡 일어나 또 한 번 허공에 어퍼컷을 날렸다.

"예쓰!"

"푸흡."

그 모습이 재밌어 웃음을 터뜨렸는데, 엘라니 오코너가 눈을 게슴츠레하게 뜨며 작은 목소리로 말했다.

'아주 잘했어요.'

으음, 괜찮았나요?

그 뒤로, 본격적인 계약 이야기가 진행될 무렵, 하이마운트 직원이 말했다.

"그 록스타 일본으로 돌려보내요. 오디션 끝났다고. 그리고 한국에서 온 스탭들 안으로 들어오라고 하고."

먼저, 교통정리를 해야지.

UAA 에이전트가 밖으로 나가 오디션 결과를 설명하기 시작했다.

내가 앉은 자리에서는 보이지 않았지만.

"와아아!"

"재희야아아아아!"

살짝 열려 있는 철문 너머로 시끌벅적한 소음이 일제히 터져 나오는 것을 보아, 이 소식을 엄청 기다린 모양이다. 그리고 박찬익 팀장과 스타일리스트 장 팀장님, 재익이 형 등. 스탭들이 당당한 걸음으로 들어서기 시작했다.

"……."

오, 자신감. 스튜디오를 런웨이로 바꿔버리는데?

"꺄! 재희!"

장 팀장님이 앉아 있는 나를 향해 두 팔을 벌리며 껴안을 기세로 달려왔다.

"고생했어!"

"하하……."

……숨 막혀요. 이것 좀 놔요.

"잘했어!"

"내가 뭐랬어? 걱정하지 말랬지?"

윙크를 날리고, 주먹을 불끈 쥐며 응원을 보낸다.

그러면서도.

"제가 재희 담당 매니지먼트 L&K 팀장 박찬익입니다. 그대로 통역해 줘요."

'위엄'을 잃지 않고 당당하게 자기소개를 하며, '일' 얘기에 들어가면 눈빛을 바꾼다.

정말 프로들이라니까. 그래, 우리가 아쉬울 것 없다고.

저녁에는 하이마운트 픽쳐스 측과 식사 약속이 잡혔다.

식당은, LA Baltaire.

할리우드 스타들과 셀레브리티 들이 자주 찾는 고급 레스토랑. 전체적으로 어두운 조명에 예쁜 초와 조명들. 고급스러운 식기들이 놓여 있는 곳인데, 하얀 대리석으로 만든 입구부터 '상류층'을 위한 공간이라는 느낌이 든다.

폴 안토니 감독과 엘라니 오코너, 에이전트 빌이 동행한 이번 식사였다.

애피타이저가 나오기 전에 샴페인부터 나왔다.

"여기, 해산물이 아주 좋습니다."

아, 해산물 때문이구나.

푹 익혀 발라진 대하에 레몬즙을 뿌려 차갑게 먹는 음식.

내 스타일은 아닌데.

그리고 애피타이저로 문어무침과 듣도 보도 못한 소뼈(?) 요리가 나왔다.

다른 이들은 맛있게 잘 먹는데, 나는 손도 대지 못했다.

이런 건, 대체 어떻게 먹는 거야?

"입맛에 안 맞으세요?"

"아, 아닙니다."

그 뒤로는 생선 살을 여며 동그랑땡처럼 나온 생선 필렛과 스테이크가 나왔는데.

"후후, 입맛에 너무 잘 맞아요."

고기는 진리지. 역시, 내 입맛은 너무 단순하다니까.

소금 팍팍 뿌린 삼겹살에 자글자글 끓인 된장찌개에 소주가 당기는 밤이지만. 그런대로 이런 고급 식당의 잔잔한 분위기에도 함께 취해갔다.

샴페인, 그리고. 나를 향한 달콤한 '말'에도 함께.

"대본은 아직 못 받아보셨죠."

"네."

"동양인 뮤지션 배역 이름이 'Kim'입니다. 주인공 밴드에서 메인 보컬을 맡는 아주 중요한 역할이죠."

"보컬이요?"

보컬? 서브 보컬도 아니고 메인?

당연히 주인공이 보컬이 아닌가?

내가 잘못 들은 건가 싶어 되물으려고 했는데, 박찬익 팀장이 더 빨랐다.

"자, 잠시만요. 시놉시스에는 분명……. '천재 아티스트'지만 치명적인 결점이 있는 주인공이 따로 존재한다고 나오던데요? 그런데 재희가 메인 보컬인가요?"

"네, 치명적인 결점이 바로 목소리입니다. 말을 할 줄 몰라요. 노래도 당연히 못 하죠."

"……."

뭐? 주인공이 노래를 못해?

"대신 극 중에서 밴드 마스터와 작곡을 맡습니다. 물론, 실제 작곡은 여기 오코너 양이 해주시지만. 후후……."

"……."

말 못 하는 주인공이라니. 조금 마이너하지는 않을까, 싶기도 했지만 한편으로는 궁금하기도 했다.

폴 안토니 감독은 주인공을 흉내 내며 어필했다.

"'악!' '흡!' '읍!' 이런 단음을 통해 감정을 끌어내죠. 극의 중요한 스토리를 끌고 나가는 게 주인공이라면, 재희 씨가 맡아줄 'Kim' 역할은 주인공의 꿈을 함께, 혹은 대신 실현시켜 줄 매개체입니다."

"……."

나는 입을 꾹 다물었다.

"이렇게 어딘가 부족한 이들이 모여 결성한 게 밴드 아다지오! 어떻습니까?"

글쎄, 의미는 좋은데, 말을 못 하는 것은 조금 충격이다.

하지만 시종일관 벙어리는 아니라고 한다. 극의 후반부엔 밴드 공연을 하며, 말이 터지는 장면이 나오는데. 그게 어마어마한 카타르시스를 심어줄 것이라고.

엘라니 오코너가 양팔을 들어 올렸다.

마치, '처음 알았어?'라고 묻는 듯했는데, 나는 고개를 끄덕였다.

응, 처음 알았어.

"그래서, 재희의 역할이 매우 중요합니다."

"……."

이거 주연이나 다름없는 거 아냐?

LA 고급 식당에서 식사 도중, 엘라니 오코너와 단둘이 얘기할 기회가 생겼다. 세부 계약 얘기로 제작팀, 폴 안토니 감독이 우리 스탭들과 자리를 비웠기 때문이다.

"고마워요, 엘라니."

내 인사에 엘라니가 싱긋 웃었다.

"저야말로. 이렇게 제 기를 세워주셨잖아요."

"제가 붙을 것이라는 걸 예상하셨나요?"

"그럼요."

"으음, 단순히 예상하신 게 아니라……. 강력하게 추천하신 것 같던데."

'내정자'로 말이야.

내 말의 의도를 알아차린 엘라니가 강력히 부정했다.

"절대 아니에요. 오디션 볼 필요도 없을 만큼, 흥미로운 배우가 있다고 추천했지. 감독의 캐스팅 권한을 제가 이래라저래라 하지는 않아요."

그리고 단호한 목소리로 말했다.

"이건, 온전히 재희가 일군 오디션이에요."

나는 쑥스러워 샴페인을 한 모금 머금었다.

LA의 밤에 취하는 느낌이다. 단순한 '조연'인 줄 알았던 캐릭터가 '서브 주연' 수준이고, 사람들의 예상을 깨고 오디션에 합격하고……. 모든 일이 꿈만 같은 이 밤.

우리는 의도적인지는 모르겠지만, 로마에서의 아주 짧은 만남에 대해서는 언급하지 않았다. 굳이 묻지 않아도 엘라니가 내게 다녀간 이유를 짐작할 수 있었고. 엘라니 역시, 구구절절하게 설명하는 것보다는 딱 한 마디 말로 정리하는 것을 좋아했다.

"재희의 등장이 영감을 줬어요."

"네?"

"제가 머릿속으로 그리던 영화 인물을 로마행 열차에서 실제로 맞닥뜨린 순간. 어떤 노래를 만들지 머릿속에 스쳐 지나갔죠. 마치, 영화처럼. 촤르륵."

"……"

아티스트의 고뇌에 대해서는 잘 모르지만 나 역시 신인 배우들에게 오디션에 대해 영감을 얻었듯, 그녀 역시 내게서 영감을 얻지 않았을까.

그 기대에 부응해야겠다는 생각이 들었다.

"벌써 노래도 몇 곡 완성되었어요."

"와, 정말요?"

"네. 모두 재희가 불러야 해요."

"……이거, 긴장되는데요."

"샘플 곡뿐이지만, 한번 들어볼래요?"

엘라니가 자신의 휴대폰을 들어 올렸다.

"오, 좋아요."

내가 손을 뻗어 그녀의 이어폰을 잡아 내 귀에 꽂았는데, 엘라니가 자연스럽게 한쪽 이어폰을 자신의 귀에 꽂았다. 테이블을 사이에 두고, 노래를 들었다.

엘라니가 직접, 샘플링 하였고 이렇다 할 가사는 없이 중얼중얼거리는 멜로디가 전부였지만.

"음, 이것도 좋은데요."

음악의 힘은, 이런 것에 있지 않은가.

자세히 몰라도, 좋은 노래는 언제 들어도 좋다. 따스한 포크 풍 음악들이, 이 영화의 분위기를 대변해 주고 있다.

'희망을 노래하는, 어딘가 모자란 청춘들의 성장통.'

모두 내가 좋아하는 이야기다.

노래가 끝나고, 엘라니는 이어폰을 정리하며 얼굴을 붉히며 웃었다.

"후훗."

그러고는 뭐가 그리 재밌는지 혼자 키득거리며 웃었는데 나는 노래를 들으며 무언가 스쳐 지나가는 '영감'에 심각한 표정을 지었다.

"무슨 문제 있어요?"

엘라니의 질문에 내가 말했다.

"아, 아뇨. 그냥 문득, 이 노래를 함께 부르면 잘 어울리겠다고 생각한 배우들이 떠올라서."

"누구요?"

내 말에 엘라니가 눈을 빛내며 물어왔다.

"그런, 영감은 언제든 환영이라고요. 말해 봐요. 아직 단역 오디션 많이 남았으니까."

내가 작은 목소리로 말했다.

"아, 런던에서 저와 함께 노래한 친구들이요."

샘, 행거, 아리아나. 내 음악의 천사들.

엘라니가 반색하며 말했다.

"아! 동영상에 함께 나온 배우들?"

"네."

엘라니의 노래에서 문득 그런 느낌을 받았다.

경쾌한 밴드 곡이지만, 이들과 함께 노래하면 즐거울 수 있을 것 같다는 느낌을.

그러자, 엘라니 오코너가 눈을 빛냈다.

"그거……. 좋은 생각인데요?"

11장

제 길은 제가 걷습니다

LA에서의 일정을 모두 마치고 한국으로 향하는 비행기에 올랐다. 12시간이 넘는 장시간 비행도 이제는 조금 적응되기 시작한다.

오랜만에 도착한 인천공항은 떠날 때와 다름없는 풍경이지만, 조금 달라진 점이라면 서류 심사를 마치고 게이트를 빠져나가려던 찰나, 박찬익 팀장이 내 앞을 가로막아 섰다.

"재희, 우선 옷부터 갈아입자."

"네?"

"지금 연락받는데. 앞에 기자들 쫙 깔렸다고 하네?"

"그게, 무슨……"

LA로 출국할 때는 비공식 일정이었지만, 귀국과 동시에 '공식 일정'으로 바뀌었다.

아아, 그럴 수밖에⋯⋯. 내 '할리우드 오디션' 기사가 한국에 쫙 퍼졌고. 이제 그 결과도 모두 전해 들었을 테니까.

기자들이 공항 내부에 쫙 깔렸고, 자체적으로 믹스트존을 형성해 나를 기다리고 있다는 소식이다.

으아, 이게 대체 무슨 일이야.

"공항 패션이라."

장 팀장님은 나를 위아래로 훑으며 빠르게 스캔을 마치더니 내 등을 밀며 나를 화장실로 끌고 갔다. 그러고는 캐리어에서 옷가지들을 꺼내 내게 내밀었다.

"갈아입고 나와."

"아, 아⋯⋯."

입고 있던 편안한 트레이닝복과 따뜻한 롱패딩에 털모자를 벗어 던지고, 롱코트에 목도리. 블랙진에 빨간 터틀넥 스웨터로 갈아입었다. 동시에 헤어드라이어가 돌아간다.

위잉잉.

화장실에서 이게 뭐하는 짓이람.

장 팀장님은 프로였고, 5분 만에 뚝딱뚝딱 머리를 만지고 나니 흡족하게 웃었다.

"이야, 다른 사람으로 변했네."

"⋯⋯그런가요."

"응, 그러니까 제발 그 촌스러운 털모자는 쓰지 말자고."

"……."

고오맙다.

신발까지 깔끔한 갈색 로퍼로 갈아 신고, 준비를 마쳤다.

"여기, 질문 리스트."

나는 박찬익 팀장이 건네준 질문 리스트를 받아들었다.

질문은 총 세 개. 모두, 어려운 질문들은 아니었다.

"가자."

박찬익 팀장이 선봉에 서서 게이트 문을 열었다. 그러자 기다렸다는 듯 기자들이 자리에서 일어나며 카메라 플래시를 터뜨린다.

"여기 좀 봐주세요!"

"재희 씨!"

선글라스라도 쓰고 나올 걸 그랬다.

나는 적당히 웃으며, 믹스트존 정중앙을 바라보며 손을 흔들어주었다. 기자들이 주차장까지 나를 따라왔고, 주차장 앞에서 아주 잠깐의 기자회견이 열렸다.

이 기자회견을 주선한 사람은, 이무택 대표였다.

"자자, 질문 정확히 세 개만 받겠습니다."

……대표님이 거기서 왜 나와?

바람 같이 나타나서 내 어깨에 손을 얹은 이무택 대표는, 미리 지정되어 있던 언론사들에게 질문할 것을 요구했고 이들은 우리 측과 미리 약속된 질문을 했다.

'할리우드행을 결심한 계기는?'
'오디션 결과를 어떻게 예상했나?'
'앞으로의 행보는?'

내 입에서도 전형적인 답변들이 나왔지만, 원래 이런 틀에 박힌 답변이 잘 먹히는 법이다.

"자! 이제 끝내겠습니다!"

이무택 대표가 인터뷰를 끝낼 것을 고했고, 빠르게 내 어깨를 두드리며 말했다.

"오늘 저녁에 맛있는 거 먹자? 뭐 먹고 싶어?"

"된장찌개에 삼겹살. 소주 어때요?"

"그럼 돼지 말고, 소로 가자."

"크흡, 네."

차에 타자마자 목도리를 풀고 몸을 기대 누웠다.

아이고, 한국 들어오자마자 정신이 하나도 없다.

"정신없지?"

운전대를 잡은 재익이 형이 쓰게 웃어 보였다.

"네."

"가끔 보면, 말은 안 통해도 미국이 편하다니까."

맞는 말이다. 그래도 적어도, 한국에는 '내 편'이 되어주는 사람들이 있다.

이렇게.

[미야모토 료, 라이킨 방. 아시아 스타들을 모두 꺾고 할리우드에 안착한 도재희. 할리우드 성공 가능성은?]

['할리우드 실패' 전문가들의 우려를 뛰어넘고 할리우드행에 성공한 도재희. 영화의 흥행 전망은?]

[폴 안토니 감독을 사로잡은, 도재희 오디션 사진. 과연 공개될까?]

[하이마운트 픽쳐스 측, 오디션 영상 공개를 원하는 한국 팬들 메일로 폭주.]

특별한 사건이 없던 이 시기 연예계 지면은 모두 내 이름으로 가득 찼다.

각 나라를 대표하는 스타들을 물리치고 할리우드에 입성. 엘리트 평론가들의 '비관적'인 입장을 꺾고, 당당한 합격.

L&K는 동시에 UAA 관련 사진들을 언론에 뿌리며 집중 사격을 개시했고, 해외에서 주목하는 가장 뜨거운 한국인 배우

라는 점이 강조되었다.

근래, 대중들에게 공개된 작품이 뚜렷하게 없었는데 인지도가 또 수직 상승했다.

물론, 이것들이 영화의 흥행을 결정짓지는 못하지만 '내 편'의 존재가 든든한 것은 부정할 수 없다.

가장 가까운 '내 편' 재익이 형이 말했다.

"조만간 공식 인터뷰 하나 잡을 거야. 할리우드행에 관해서 계속 문의 들어오는 질문들, 싹 다 모아서 한 번에 정리할 예정이야. 언제가 좋아?"

"당장 개인 스케줄은 없어요."

"오케이, 그럼 설 되기 전에 빨리 진행하는 걸로 할게. 아, SBC 스타 나들이에서 할리우드행 관련해서 취재 연락 왔는데, 이건 어떻게 할까?"

2월 중순. 영화 〈7년의 기억〉이 크랭크인 막바지 준비에 한창인 가운데 할리우드행에 관한 취재가 줄지었다.

쉴 틈 없이 이어지는 스케줄 와중에 아주 의외의 연락이 도착했다.

-시간 괜찮아?

나는 휴대폰을 내려다보며 중얼거렸다.

"아, 개인 스케줄 하나 생길 것 같은데."

"언제?"

"글쎄요. 연락해 봐야 알 것 같아요."

"그래? 누군데?"

"승희 형이요."

발신자는 조승희였다.

조승희라는 이름에, 재익이 형이 고개를 갸웃거렸다.

"왜? 너 그 모임 아직도 나가?"

"잘 안 나갔죠."

조승희가 아끼는 후배로 모임에 소개된 이후, 서로가 계속 안부 연락을 주고받으며 돌아가는 작품 얘기를 했지만, 딱히 개인적인 만남을 가졌던 일은 없었다.

영화 시사회나 시상식 같은, 공적인 자리에서 만남을 몇 번 가진 것이 전부였다.

"할리우드 때문인가?"

"……"

할리우드에서 실패, 조승희 커리어의 가장 큰 상처.

아마, 그런 것 같지?

조승희는 〈피서〉의 실패 이후, 또 다른 영화 하나를 손댔지만 거기서도 큰 재미를 보지는 못했다. 하지만 조승희를 향한 팬들의 굳건한 '신뢰'에는 변함이 없다.

누가 뭐라고 해도, 그는 30대 배우 중 가장 인정받던 연기파 배우이고. 가장 큰 개런티를 받는 톱스타니까.

내게 있어도 아주 든든한 아군이고, 또 언젠가는 뛰어넘어야 할 산이다.

그런 조승희가 매니저를 대동하고 우리 집 앞을 찾았다.

방배동 외곽에 있는 조용한 오피스텔. 근처에 있는 술집이라고 해봐야 아파트 단지 내에 있는 조그만 꼬치 전문점이나 맥줏집이 전부지만 오히려 이런 조용한 곳이, 톱스타와의 만남에 적합하다.

"오랜만이네."

모자를 푹 눌러쓰고 가게 안으로 들어서는 조승희를 보며 내가 인사했다.

"형님."

작년, 대종상 시상식 이후로 처음이다. 그사이 아주 푹 쉰 듯 살도 조금 찐 것 같다.

"자식이, 연락 좀 하고 살아. 후배 소식을 인터넷으로 접해야 되겠어?"

"하하, 죄송합니다."

조승희가 나를 찾은 목적.

"이야, 이 집 안주 괜찮네. 나도 이런 거나 하나 차릴까?"

일부러 안주 얘기와 시답잖은 사업 얘기를 하며 빙빙 돌리고 있지만, 말 안 해도 알 것 같다.

의도적으로 알맹이인 '할리우드' 얘기를 하지 않으니까.

그래서 내가 먼저 말을 꺼냈다.

"할리우드 때문에 오신 거죠?"

그러자 조승희의 눈이 조금 흔들렸다. 하지만 그것도 잠시. 이내 피식, 웃더니 은행 몇 알을 입으로 집어넣었다.

"그렇지 뭐."

그는 나를 진심으로 걱정하고 있는 듯 보였다.

"중국같이 돈도 많이 주고 쉬운 길도 많은데."

"역시, 그 말씀 하실 줄 알았어요. 큭큭."

조승희는 중국에서 왕이다. 한류스타가 꿈꾸는 한류스타. 중국 드라마 회당 개런티는 8억에서 10억에 달한다.

그런, 상상을 초월하는 '왕'이 내게 물었다.

"괜찮겠어?"

'괜찮겠어?' 넓고 포괄적인 의미를 담고 있는 질문이다.

하지만 질문의 알맹이를 이해한 나는 고개를 끄덕였다.

"네, 각오는 되어 있어요."

"쉬운 무대가 아냐. 알지? 나도 도전했던 거."

그는 이미 한번 실패를 겪었다. 누구나 아는 사실이다.

하지만 그 실패에 대한 이유에 대해서 내게 말한 적은 없었고, 언론에서 자세하게 다루지도 않았다.

조승희가 그 이야기를 꺼냈다.

"할리우드, 아름답지만. 그만큼 지저분한 곳도 없어."

조승희는 몇 가지 예시를 들었다.

"인종 차별, 먼 나라 이야기 같지만 아주 가까이에 있어. 2011년에 '라스트 워리어'라는 영화에서 동양인 무인으로 출연했는데. 그 당시 감독에게 인종 비하 발언을 들었지. 동양인은 원래 서커스 잘하지 않냐고. 왜 대역을 쓰냐고."

"네?"

화가 날 만큼 어처구니없는 발언이다.

서커스? 도대체 어떻게 생각하기에 그런 말을 하는 거지?

"그뿐만이 아냐."

당시 30대 초반이던 조승희는 한국에서 정상급의 인지도를 구가하던 톱스타였다. 단역 수준으로 외면받고, 현장에서 찬밥을 먹는데 이를 버틸 수 있는 스타가 몇이나 있을까.

다 맞는 말이다. 너무 맞는 말이라서 할 말이 없다.

이제껏 아카데미와 골든글러브는 모두 '그들'의 리그였지 않은가.

"내가 지금, 무슨 얘기를 하는지. 다 잊어버려."

조승희가 미간을 좁히며 소주를 입에 들이부었다.

수많은 배우들이 도전했다. 국내 최초로 할리우드 진출의 신호탄을 쏜 배우는, <피서>에서 나와 호흡을 맞추었던 임명한 선생님.

할리우드에서 B급 액션 영화 주연과 메이저 영화 조연으로 두 편을 찍으며 국내 후배 배우들에게도 할리우드에 진출할 수 있다는 일종의, '기회'를 부여했다.

하지만 그 이후, '기회'를 살리지 못하고 지지부진한 성장만 이어졌다.

대략 8년 전. 조승희가 한창 정점의 인지도를 구가하던 무렵, 도전했던 미국 진출.

판타지 영화에서 무사, 동양인 카레이서, 홍콩 마약 조직의 중간 보스 등 나름대로 빼어난 활약을 했지만, 영화는 모두 흥행 참패로 돌아갔고, 결국 선택한 것은 국내 리턴.

"어쨌든, 그들은 기본적으로 동양인에 대한 '이해도'가 부족해. 아니, 배려심이라고 말할까?"

조승희가 힘주어 말했다.

"서양인에 맞춰진 영화만 찍는데, 동양인 배우가 들어갈 자리가 있다고 믿는 것, 그 자체가 어불성설이었던 거야."

굵직한 미국드라마에서 주연으로 우뚝 선 여배우도 있고, 작은 역할이지만 꾸준하게 출연하는 한국인도 있다.

여전히 할리우드 진출은 진행 중.

하지만.

"괜히, 동양인의 무덤이 아니야."

결국 시장의 한계. 그 끝이 명확하게 정해져 있는 곳.

이 시장은, 단순히 배우 한 명이 잘한다고 바뀌는 것이 아니다.

조승희는 진지하게 나를 걱정하고 있었다.

"지금 한창 커리어의 전성기를 구가하고 있잖아. 국내 활동에 매너리즘에 빠져 해외로 눈을 돌리려는 거라면, 잠시 쉬는 것도 방법이야."

괜히 시간 낭비하지 마라. 어차피 장기적으로 볼 수 있는 시장이 아니다.

"……."

안다. 몇 년 전에는, 연기상 후보들이 모두 백인 위주라는 비판을 했던 흑인 사회자가, 아시아계 배우들을 무시하는 발언을 하며 단두대에 오르기도 했다.

간간히 감독상과 작품상을 수상하기는 했지만, 동양인이 오스카에서 배우상을 받은 역사는 영화 역사 백 년에 딱 한 번. 1950년대 일본의 여배우가 받은 여우조연상이 전부다.

아니다, 아니다 하지만 여전히, 차별은 현재 진행형이다.

그럼에도 불구하고, 다 알면서도 도전하고 싶은 이유는 딱 하나. 한국 최초의 아카데미 남우주연상을 수상하는 배우.

순간, 눈앞이 뿌옇게 변하며 오스카를 들고 있는 내 얼굴이 술잔에 넘실넘실 떠오른다. 정말, 환하게 웃고 있다.

"마시자."

"……아, 네."

조승희의 건배 제의에 소주잔을 집어 들었다. 그러자 소주 잔에 떠오른 내 얼굴이 연기처럼 사라져 버린다.

덧없는 꿈처럼 느껴지는 것은 취기 때문인가, 아니면 걱정 때문인가.

조승희가 소주를 입에 털어 넣고 물었다.

"거기 사람들은 어때?"

"아, 감독님이요? 좋은 분들 같아요."

"……그래? 그건, 다행이네."

내가 바라보는 조승희의 얼굴은 그렇다.

부러움이 내포된, 복합적인 감정이 느껴지는 눈이다.

"좋은 말씀 감사해요."

이미 한 번, 같은 길을 걸어갔던 선배, 그 선배가 바라보는 후배의 얼굴은 어떨까.

모르긴 몰라도. 적어도, 작아 보이고 싶지는 않다는 생각이 들었다.

나는 조금 더 힘주어 말했다.

"한번, 해보고 싶어요."

"……."

무모한 자신감으로 비칠지 몰라도 앞서 길을 걸어갔던 선배들의 발자취를 뒤따르며, 길에 숨겨진 '함정'들에 대해 알게 되었으니까.

이제, 나만이 걸을 수 있는 길을 걷고 싶다.

"응?"

"……."

그래. 아무리 이러니저러니 해도.

결국엔 내가 하고 싶은 일은 해야겠고, 하고 싶은 작품은 반드시 내 커리어로 만들어야겠다.

내가 단단한 표정을 지어 보이자 조승희가 그런 나를 보며, 못 말리겠다는 듯 고개를 저으며 피식 웃었다.

"너도 참……."

나는 그에 화답하듯, 싱긋 웃어 보였다.

"형님, 지켜봐 주세요."

내 길은 내가 걷는다.

··· 12장 ···
가슴으로 연기하는 법(1)

"크랭크인 들어갑니다!"

영화 〈7년의 기억〉의 촬영이 본격적으로 시작되었다.

메인 촬영지는 서울, 부산, 전주.

첫 촬영은 전주의 세트장에서 시작되었다.

세트장 한편에서는 청주(淸酒)를 붓고, 수육을 썰며 고사 준비에 들어갔고 또 다른 한편에서는, 검은 정장으로 갈아입은 단역 배우들이 액션 시바이를 맞추고 있다.

귀퉁이에서는 이들을 찍는 메이킹 카메라가 돌아간다.

그리고 내 주변에는.

"할리우드와 한국을 오가며 당분간 병행하고 싶다고 하셨는데요. 이번 영화에 임하시는 각오가 남다를 것 같습니다."

SBC 〈스타 나들이〉를 비롯한 방송국 직원들과 각 언론사 기자들이 모여, 공통질문을 취합한 뒤 인터뷰를 시작했다. 마침 인터뷰를 하는 공간이 '강준의 방'이었기에 그에 맞는 스냅컷도 함께 찍었다.

아마도 오늘 오후에는, 영화 〈7년의 기억〉 촬영 소식이 검색어 순위에 등장할 것이다.

"촬영 준비할게요! 고사상 촬영 끝나신 기자분들은 이제 돌아가 주십시오!"

이렇게나 많은 사람이 모여 있음에도 불구하고, 촬영장 분위기가 방방 뜨거나 하지는 않았다.

"선배님들! 여기 와서 고기 좀 드십시오!"

설강식, 여호석 선배님들 덕분이다. 확실히 이들은, 존재감만으로 촬영장 분위기를 다잡아 버린다.

"점심 먹은 지 얼마나 되었다고 벌써?"

"떼 씬이라 촬영 끝나고 나면 저녁 언제 먹을지 모릅니다. 하하!"

"응? 밥도 굶기면서 촬영하시려고? 그럼, 미리 좀 먹어야지. 재희! 인터뷰 끝났으면 여기 와서 고기 좀 같이 들지?"

"네 선배님!"

오늘 촬영분은, 참여 인원이 스무 명이 넘는 떼 신이다.

그것도 액션과 감정이 총망라되는 장면.

첫 촬영이라 쉽게 갈 법도 한데, 설렁설렁할 생각은 없어 보이는 촬영 스케줄이다. 아니나 다를까, 여호석 선배님이 장난스럽게 투정을 부리셨다.

"박 감독. 첫 촬영부터 너무 힘주는 거 아냐? 쉽게 가지그래?"

그러자 설강식 선배님이 타박하듯 말씀하셨다.

"박 감독도 어련히 눈치 보일까? 굳이 입 밖으로 꺼내 눈치를 줘야겠어?"

박진우 연출이 뒷머리를 긁적이며 말했다.

"하하, 선배님들 죄송합니다. 세트 스케줄이 꽉 잡혀 있는 터라, 빨리 찍고 허물어야…… 스케줄에 맞춰 또 찍습니다."

세트 짓는 시간이 가장 오래 걸린 '빌딩 사무실 복도.' 프리프로덕션 기간에 지은 후, 크랭크인 하자마자 찍고 빠져야만 이 자리에 다른 세트를 짓는다. 이런 내부 사정을 모를 리 없는 여호석 선배가 장난스럽게 웃었다.

"알지. 그냥 해본 소리야. 껄껄!"

선배님들 역시, 긴장을 놓을 수 없는 촬영이다.

극의 후반부로, 나와 아버지(여호석)가 진범(설강식)을 확신하고 뒤쫓지만, 거대한 세력에 가로막히는 액션 신.

남은 수육들을 깔끔하게 비우고, 세트장 안으로 들어섰다.

허름하고 꼬불꼬불한 복잡한 구조의 차이나타운 빌딩 복도를 재현해놓은 세트. 총 3층 높이의 거대한 실내 건물.

중국식 간판들이 꼬불꼬불 걸려 있고, 벌레가 꼬일 것만 같은 음식물 쓰레기봉투, 복도 바닥의 토사물 흔적. 벽에 붙은 껌딱지 따위들.

세세하고 디테일한 세트가 주는 느낌은 '불쾌함'. 그런데 미술, 분장 팀들이 새빨간 피가 가득 담긴 '팩'을 들고 주변에 서 있다. 이곳에서 하루 종일 와이어, 무기 액션 등을 찍고, 불쾌한 세트에는 새빨간 피가 흩뿌려질 예정이다.

왜냐고.

"리허설 해볼게요."

"후우"

복도 가득 늘어선 20여 명의 무술팀들과 피 터지게 싸워야만 하니까.

나는 이미 동선 정리를 모두 마친 단역 배우들과 함께 합을 맞춰보았다.

"여기서, 피하고. 피했죠. 이 상태에서 이 친구가 어깨로 부딪히면서 달려올 거예요. 그럼 무릎으로 복부를 쳐올리고, 옆으로 밀면 돼요."

배우들 사이에는, 이런 말이 있다.

연극 대사는 평생을 기억하고, 영화 대사는 1년을 기억하고. 드라마 대사는, 하루면 잊는다고.

나는 장르를 가리지 않고 모든 대사를 '완벽하게' '평생' 외울 수 있지만 이렇게 즉흥적인 액션 장면은, 계속해서 반복 숙달

해야만 한다.

온전히 '내' 실력.

대사 연기에 비해, 조금은 더디지만, 칼과 손도끼가 난무하고 체력적인 한계에 부딪혀 정신이 하나도 없지만.

"후……. 이렇게요?"

"으음, 액션도 깔끔하네요. 좋은데요?"

나름대로 재미도 있다.

이런 내 모습을, 박진우 연출과 설강식 선배님이 흐뭇한 표정으로 바라보셨다.

"재희, 눈빛 좋은데?"

"그렇죠? 다치지만 않았으면 좋겠습니다."

나를 걱정스레 바라보던 박진우 연출이 메가폰을 잡았다.

"자! 슛 들어갈게요!"

경쾌한 슛 사인이 떨어졌다.

경쾌했던 슛 사인과는 다르게 현장 분위기는 한껏 가라앉았다.

바스트 컷은, 대역이 가능하지만 무빙 카메라가 들어간 풀 샷 촬영은 배우 본인이 소화해야 한다. 아무리 합을 완벽하게 맞추었다 하더라도, 사고는 부지불식간에 일어난다.

복도 한구석에 숨겨진 무전기에서 불이 뿜어져 나왔다.

-조심입니다. 무조건 조심. 다들 신경 써주세요. 자, 갈게요! 히나, 둘, 셋! 액션!

위이이잉!

동시에 허공에 매달려 있던 와이어 카메라가 빠르게 내 얼굴을 향해 날아들었다.

상대방의 주먹을 피하는, 1인칭 시점을 연기하는 장면.

"……!"

나는 고개를 옆으로 황급히 꺾었고, 카메라는 내 귀 끝을 지나쳐 날아갔다. 그 상태에서 투(Two)카메라의 무빙에 맞춰 약속된 움직임을 시작했다.

"히야아압!"

복도 끝에서 가장 먼저 덤벼드는 남자의 복부를 발로 차고, 날아드는 칼을 피해 황급히 문 안으로 몸을 날렸다.

쿵!

무작정 들어오고 나니, 조그만 미용실.

"꺄아!"

내 갑작스러운 난입에 미용사와 손님들이 일제히 놀라 자리에서 일어난다. 나는 벌떡 일어나 주위를 살폈다.

벽 가배 사이에서는 카메라가 내 바스트를 잡고 있고.

3초를 센다.

타이밍에 맞춰, 뒤따라 들어선 남자들을 마주 보았다.

아, 골치 아픈데.

"하……. 너희 대체 뭐야?"

내 질문에 선두에 있던 남자는 뒷주머니에서 손도끼를 꺼내 들었다. 대답할 가치도 없다는 듯.

무시무시한 눈으로 나를 바라보며, 소매를 걷기 시작했다.

나는 턱을 45도 꺾으며, 눈을 가늘게 떴다.

"햐, 이거 단순한 살인자 새끼가 아닌 줄은 알고 있었지만……. 이 정도야? 대체 정체가 뭐야?"

누나를 죽인 범인을 잡기 위해 형사가 되었다.

7년간 멈추다시피 한, 미제 사건의 끝. 그 끝에서 확인한, 내 비루했던 지난 삶의 결말.

내 누나를 죽인 그놈은, 멀쩡한 사업가의 얼굴을 한 채, 자신이 죽인 여자의 이름조차 기억하지 못한다. 이들에게는 단순한 '상품' 그 이상도 이하도 아니었으니까.

자, 이제 나는 형사로서 지켜야 할 윤리와 피해자 가족의 금치 못할 분노 사이에 섰다.

무엇이 더 중요할까. 깊게 고민할 필요가 없는 문제다.

지난 7년간, 이날을 얼마나 기다려왔는가.

나는 빠르게 손을 뒤로 뻗어 권총을 꺼내 들었다.

그리고 정면을 향해 조준해 방아쇠를 당겼다.

타앙!

"헉!"

일발 장전되어 있던 공포탄이 터지고, 정장을 입은 남자들이 어깨를 움츠렸다. 내가 이를 드러내며 웃었다.

"쫄지 마, 공포탄이야!"

"……."

나는 비릿한 조소를 흘리며 말했다.

"이제 시작하자."

복수의 끝에 섰다.

"형님."

"왜?"

"20년쯤 전에, '두만강은 흐른다' 촬영할 때, 기억합니까? 그때도 엄청 추운 겨울이었는데."

도재희와 무술팀의 액션 촬영이 한창 진행되던 현장.

모니터를 뚫어져라 바라보던 설강식이, 뜬금없는 여호석의 말에 고개를 돌렸다.

"두만강은 흐른다? 그 깡패 영화? 기억하지. 근데 왜?"

"그때, 그 대머리 감독님이 그랬잖아요. 주먹에도 감정을 실으라고. 우리가 계속 NG 내니까, 막 쌍욕 하면서 너희가 그러고도 배우냐고 욕하고 그랬었는데, 기억나요?"

그제야 설강식이 생각났다는 듯, 눈을 번쩍 떴다.

"아아! 그 지랄 맞은 감독?"

"……. 이제야 기억나셨나 보네. 왜, 그랬잖아요? 주먹에 감정을 실어? 어떻게 실어? 네가 한번 해봐! 킬킬킬. 우리는 무슨 말도 안 되는 소리냐고 뒤에서 막 엄청 욕하고."

설강식이 추억에 잠긴 듯, 눈을 게슴츠레하게 떴다.

"NG만 열두 번도 더 내고 그랬지. 당시엔 비싼 필름으로 찍었으니 계속 돈 나간다고 평생 먹을 욕 다 먹으면서 배웠지. 끌끌끌. 근데 그게 벌써 20년이나 되었나?"

"에이, 형님. 우리가 올해 몇인데. 한참 넘었지. 큭큭."

추억 얘기에 설강식이 너털웃음을 터뜨리며 물었다.

"껄껄! 가끔은 올해가 몇 년도인지도 모르겠다니까. 근데, 갑자기 그 얘기는 왜?"

그러자, 여호석이 턱 끝으로 모니터를 가리켰다.

"쟤요."

"……누구, 재희?"

도재희와 무술팀들이 현란하게 움직이고 있었다.

풀샷, 사이드 풀, 무빙 바스트, 인서트까지. 총 네 대의 카메라로 돌아가는 현장. 큰 LCD 모니터에는 캠 두 개가 분할되어 나오고, 작은 모니터 두 대가 붙어 있었는데.

네 대의 카메라가 일제히 도재희의 움직임을 담고 있었다.

간결하면서도 흔들림 없이, 액션 신을 소화해내는 모습.

그 모습을 멍하니 바라보던 여호석이 말했다.

"대머리 감독이 재희를 봤으면 어땠을까요? 욕했을까요?"

당시, 대머리 감독이 요구한 주문.

'주먹에도 감정을 실어!'

당시에는 터무니없는 요구라도 여겼던 여호석 이지만, 왠지 지금의 도재희의 연기가 그때 당시 꼰대 감독이 원하던 연기가 아니었을까 싶었다.

잠시, 고민하던 설강식이 고개를 두어 번 끄덕였다.

"응. 욕했겠지."

자신과는 다른 의견에 여호석이 반색하며 물었다.

"응? 내 보기엔, 그때의 우리보다 훨씬 나은데요? 욕할 데가 어디 있다고?"

"아냐. 그래도 그 감독님은 분명 욕했을 거야."

"뭐라고요?"

설강식이 씩, 웃으며 말했다.

"이놈 새끼! 좀 천천히 찍어 인마! 우리 애들은 뭐 먹고 사냐!"

"푸하! 하!"

설강식의 능청스러운 농담에 여호석이 배를 잡고 웃었다.

"아이고, 배야! 맞네, 맞어. 당시엔 스탭들이 시간당 돈 받아 갔으니까? 재희처럼 연기하면 욕먹기 딱 좋지. 해도 안 떨어졌는데, 응? 철수할 거야? 야간 수당이 얼만데! 낄낄!"

둘의 대화에, 모니터 주변에 서 있던 분장 팀과 매니저들도 동시에 웃음을 터뜨렸다.

"와, 정말! 선배님! 시간 수당이요? 그거, 옛날얘기 아니에요. 요즘도 저희 시급으로 받아요."

"응? 정말? 요즘도 그래?"

"계약에 따라 다르긴 하지만……. 보통 그래요. 그래서 가끔 촬영 빨리 끝나면, 막 가슴이 아프다니까요. 아……! 오늘은 반 밖에 못 벌었어. 퇴근이라 기쁘긴 하지만, 월급이 막 줄어들어."

스탭의 능청스러운 말에 여호석이 웃으며 농담을 던졌다.

"그래? 오래 찍는 게 좋다 이거지? 그럼 내가 계속 NG 내줘?"

"아앗! 그러실 필요까지는!"

"크크크."

배우와 스탭이 자연스럽게 어우러지는, 와자하고 밝은 촬영장 분위기. 하지만, 이런 농담도 잠시.

"……."

금세 또 웃음이 수그러들었다.

도재희는 숨을 잔뜩 헐떡이며, 핏물을 퉤! 뱉으며 말했다.

-헥, 헤엑…… 고작, 이거야?

필시 촬영장 분위기는, 모니터에 흘러나오는 배우들의 연기에 포커싱이 맞춰지게 마련이다.

모니터 속의 도재희는, 이런 '잡담'을 허락하지 않았다. 대사가 나오는 장면에서는 모두가 쥐죽은 듯 모니터만 바라보았다.

"……."

빨려 들어가기라도 하듯 그 모습을 바라보던 설강식은.

"오케이!"

오케이 사인과 동시에 시선을 거두고는 고개를 세차게 흔들며 말했다.

"어이고, 저놈은 주먹에도 감정이 있네."

여호석이 고개를 끄덕였다.

"거 봐요. 우리보다 낫다니까."

내 귀에 '액션'이라는 감독의 큐 사인이 들려오는 바로, 그 순간. 나는 내 '배역'의 기억 속에 산다.

누나에 대한 정이 유달리 깊었던, 주인공 '강준'의 삶.

누나를 불행한 사고로 잃은 이후, 그 암울했던 7년의 기억

속에서 헤매다 이제 막 해수면에 고개를 들이밀었을 때.

'푸하!'

긴 잠수를 끝내고 드디어 '추악한 진실'을 마주 보았을 때.

나는 터져오는 설움을 이기지 못해 그 자리에 그대로 주저앉았다.

……무섭다. 저들이 너무 무섭다.

"크윽……."

"켁, 케헥. 켁!"

내 주변에는, 바닥에 얼굴을 처박고 숨을 헐떡이는 십여 명의 장기밀매꾼들이 있다.

십수 명을 상대로 혼자 싸워 이기는 법. '한 명'과 맞붙는 일대일의 상황을 만들면 된다. 절대 쓰러질 수 없도록 벽에 등을 기대고, 좁은 통로에서 이대로 죽을 수는 없기에 바득바득 맞서 싸웠다.

옷이 찢어지고, 입술도 터지고, 온몸은 만신창이가 되었지만 이겼다. 내가 살았다.

그런데.

"X발……."

잡으려던 진범은 눈앞에서 놓쳐 버렸고, 누나의 복수는 시작하지도 못했다.

자리에서 일어나야 하는데, 어서 놈을 쫓아가야 하는데. 한

발 뒤늦게 터져 나오는 '공포'에 옴짝달싹할 수가 없다.

"……."

너무 무섭다.

이자들의 잔인함이 무섭고, 건드리지 말아야 할 벌집을 건드렸다는 공포감에 손가락도 까딱하지 못했다.

지금의 나도 이렇게 무서운데, 그 당시 누나는 얼마나 무서웠을까. 누나도 이렇게 아팠을까.

그때, 누워 있던 단역 한 명이 조소를 흘리며 말했다.

"켁, 케헥. 네, 네가 찾는 여자…… 누군지는 몰라도. 지금쯤 누군가의 소중한 일부가 되어……."

내 눈이 뒤집혔다.

"닥쳐!"

나는 쓰러진 통나무꾼의 대가리에 주먹을 꽂아 넣었다.

"입 닥쳐! 이 개새끼야!"

퍽! 퍼억!

공포감, 살의. 둘 사이의 감정이 180도 뒤집힌다.

붕! 부웅!

이미 상대는 입도 뻥긋하지 못하고 피떡이 되어 누워 있지만 나는 이성을 잃은 채로 허공에 주먹을 휘둘렀다.

"한 번만 더 그딴 소리 지껄여 봐! 이 ×발 새끼들아!"

건물을 쩌렁쩌렁 울리는 메아리에 눈물이 묻어나온다.

아무 생각도 나질 않는다.

그냥, 자꾸, 자꾸만 눈물이 난다.

나는 그 자리에서 한참을 울었다.

멍하니.

-컷!

"……."

컷 사인이 흘러나오면, '강준'에서 '도재희'로 돌아오게 마련인데. 감정을 주체할 수가 없다.

오히려 컷과 동시에 증폭되듯 울음소리가 커진다.

왜일까.

"괜찮아?"

재익이 형이 걱정스러운 얼굴로 내게 티슈를 건네주었다.

"……고맙습니다."

티슈를 들었지만, 눈물은 멈출 기미를 보이질 않는다.

닭똥 같은 눈물이 계속해서 볼을 타고 흐른다.

"아, 왜 이러지."

"재희 씨, 분장 수정할게……! 앗."

"조금만 있다가 하면 안 될까요?"

"네, 넵……."

다가온 분장팀 스탭을 재익이 형이 돌려보냈다. 그러고는 아무 말 없이 내게 물을 건네주었다.

"좀 쉬어. 감독님께는 내가 말씀드릴 테니까."

"······네."

나는 갈증을 모두 씻어버리듯 생수를 목에 들이부었다. 하지만 여전히 속이 울렁거린다.

위산이 올라오고, 금세라도 다시 울음이 터질 것만 같은 기묘한 느낌, 왜 이러지. 이런 적이 없었는데.

이상하게 지금 이 감정에서 빠져나올 수가 없다.

그 때문에 촬영이 조금 딜레이 되었다.

하지만, 모두가 나를 기다려주었다. 5분간, 마음을 추스른 내가 자리에서 일어나며 말했다.

"후, 이제 됐어요."

"괜찮아? 그럼 분장 수정부터 하자."

분장 팀이 내게 달려와 황급히 분장을 고치기 시작했다.

"눈 좀 위로 떠볼래요? 눈물 때문에 분장 다 지워졌어요."

"이렇게요?"

"네, 좋아요. 스크립터 언니! 지금 어때요?"

"언니! 이마에 흐르던 피도 같이 지워진 것 같아요. 피 흘리고 난 뒤 상황이에요!"

"아! 알겠어요!"

피 분장까지 모두 마치고, 자리에서 일어나자 박진우 연출과 설강식 선배님이 내 앞으로 다가오셨다.

박진우 연출이 걱정스러운 얼굴로 내게 물었다.

"도 배우님, 괜찮으세요?"

나는 싱긋 웃어 보였다.

"네. 오래 기다리셨죠. 죄송해요. 저 준비 끝났으니 이제 바로 들어가셔도 돼요."

"괜찮습니다. 아직 촬영 분량 많이 남았으니까 10분만 쉬었다 하겠습니다."

"감사합니다."

반가운 말이. 그래, 휴식을 기다렸는지도 모르겠다.

이제껏, 연기는 카메라 앞에서 칼 같이 끊어왔다. 카메라 뒤까지. 이렇게 현장까지 끌고 온 적이 단 한 번도 없었다.

조금 부끄럽다. 그때, 곁에서 묵묵히 나를 바라보시던 설강식 선배님이 말씀하셨다.

"가끔 그런 날이 있어."

"예?"

"감정이 통제 안 되는 날. 그럴 때는 남 시선 따위는 의식하지 말고 그냥 울어버려. 아, 나 지금 촬영 중이지? 이런 생각이 들어도 계속. 마음이 이끄는 데로 울어버려. 시원하게. 그게 더 자연스러우니까."

시원하게, 울어버려.

코를 훌쩍였다.

"후, 첫 촬영부터 못난 꼴 보여드려서 죄송합니다."

"아냐."

그리고 설강식 선배님은 지나가듯, 말씀하셨나.

"감정을 조절하지 못하는 건, 배우 잘못이 아냐."

나는 침을 꿀꺽 삼켰다.

하지만 이런 내 불안감을 감싸 안기라도 하듯, 설강식 선배님이 웃으며 말씀하셨다.

"배우도 사람이기 때문이지. 그래! 이제야 좀 인간미가 있어 보이네."

배우도, 사람이기 때문이라……

"어때? 지금 개운하지? 앞으로도 그렇게 연기해. 표정 좋아 보인다. 맨날 혼자 고민하지 말고, 사람들도 좀 더 자주 만나고 그러라고."

그러고는.

"담배나 한 대 피울까."

내 어깨를 툭툭, 치시고는 세트장 밖으로 걸어나가셨다.

"……"

나는 그 자리에 멍하니 서서 앞만 바라보았다.

매일 혼자 고민하지 말고, 사람들을 자주 만나라고?

일전에, 식사 자리에서 그런 대화를 나눈 적이 있다.

쉬는 날 주로 뭐하냐는 질문에, 집에서 책 보고, TV만 본다고 말했었지. 그것 때문인가?

그때, 지나가던 촬영감독님과 하윤이 나를 칭찬했다.

"재희 씨, 어우! 나 재희 씨 나왔던 영화 다 챙겨 봤는데. 오늘 왜 그래요? 유독 소름 돋았잖아요."

"재희 선배님! 오늘 연기 너무…… 멋있었습니다!"

"……아, 감사합니다."

나는 평소대로 내 머릿속에 있는 '강준'을 연기했다.

하지만.

왜 나 스스로, 평소와 달랐다고 느끼는 걸까? 왜 감정을 통제할 수 없었지? 내가 계산한 대로 연기가 흘러가지 않은 거야?

그때, 스탭들의 목소리가 들려왔다.

"오늘 촬영 끝나고, 한 잔 어때?"

"좋죠. 피디님이 사시는 겁니다?"

"기왕 마시는 거, 촬영, 조명 감독님들도 다 부르면 어때? 다들 술 좋아하시잖아."

"오오, 좋죠."

"……"

이 질문에 대한 해답은 이미, 들었다.

설강식 선배의 조언.

'사람들도 좀 더 자주 만나고 그러라고.'

'고민도 털어놓고.'

나, 할리우드 때문에 혼자 너무 부담을 가졌던가.

"좀 괜찮아?"

재익이 형이 나를 보며 물었다.

"……."

그래. 이들과 조금, 나눠도 되는데 말이야.

절대 귀찮아하지 않고, 힘들어하지 않을 사람들인데, 기꺼이 나와 함께 싸워줄 사람들인데…….

내가 표정을 장난스럽게 바꾸며 물었다.

"형, 오늘 오랜만에 술이나 한잔할까요? 제가 살게요."

"응? 갑자기?"

"네. 영미 씨도 부르고. 박찬익 팀장님은 오늘 뭐 하세요?"

머리로 연기하는 것이 아니라 가슴으로 연기하는 법.

아주 조금은 느낄 수 있었다.

입꼬리가 올라간다.

해답의 실마리가 보이기 시작했다.

가장 좋은 연기는, 책 속에 있는 것이 아니라.

우리네 삶 속에 있다.

To Be Continued

Wish Books

미래에서 온
영화감독

철순 현대 판타지 장편소설
WISHBOOKS MODERN FANTASY STORY

투자자의 갑질로 영화가 실패하여
빚만 남은 삼류 영화감독 강찬.

사채업자에게 잡혀 죽을 위기에 처한 순간
거부할 수 없는 제안을 받는다.

"기회를 줄 게요."

미래를 바꾸기 위해 과거로 돌아간 강찬.
22년 이내에 100억 관객을 동원하라!

미래에서 온 영화감독

소드마스터 힐러님

침략자 퓨전 판타지 장편소설

모두에게 무시당하던 낮은 전투력.

힐러라고 부르기도 민망한 힐량.

모두에게 무시만 받던 나날이었다.

어제까지의 나는 최약의 헌터였다.

하지만 오늘, 검을 뽑은 순간!
나는 더 이상 나약한 힐러 따위가 아니다.

〈소드마스터 힐러님〉

**나는 여전히 힐러다.
그리고 최강의 검성이다.**